Eva Loll

Marthe

Eva Loll

Marthe

SCHEUNEN-VERLAG

Band 32 der Taschenbuchreihe

Layout und Typographie: Andreas Ciesielski
Titelbild: Karleberhard von Rendburg

Druck und Bindung: Euroregion Pomerania

ISBN: 3-934301-26-6

Marthe blieb steif in ihrem Sessel sitzen.
Ihr war, als hämmerte in ihrem Kopf ein einziger Gedanke:
'Das kann nicht normal sein..., das kann nicht normal sein..., das kann nicht normal sein!'
Durch dieses Hämmern hörte sie nicht, wie ihr Mann die Haustür hinter sich zuzog. Sie hörte nicht seine Schritte über den Gartenweg, der seinerzeit extra für Marthes Absätze mit Marmorbruchstücken ausgelegt worden war.
Als sie aufstand und zum Fenster trat, mit einem lauten: „Das kann nicht normal sein!" dieses Hämmern endlich abschüttelte, war ihr Mann in seinem Auto bereits fort.
„Das kann nicht normal sein!", sagte sie noch einmal laut.
Wenn eine Ehefrau von ihrem Mann verlassen wird, dann ist sie entweder traurig und weint verzweifelt oder sie ist wütend und schreit vergnatzt.
Weder - noch.

Sie fand nicht heraus, wie ihr zumute war. Und das konnte nicht normal sein. Marthe drehte dem Fenster den Rücken zu, stieg die offene Treppe hinauf in das Obergeschoß des Hauses,

steuerte zielsicher auf das Badezimmer zu und ließ Badewasser einlaufen.
"Erst mal ein schönes heißes Bad. Das hilft immer." Diese Worte ihrer Mutter hatten sie stets durch ihr Leben begleitet.
Ein schönes heißes Bad. Das hatte immer geholfen!
Sie saß auf dem breiten Rand der eingekachelten Wanne und verteilte das Schönheitsbad aus Ziegenvollmilch im Wasser. Das Badewasser schäumte und duftete. Sie schloß die Augen, zog genießerisch den Duft ein und begann, sich Stück für Stück ihrer Kleidung zu entledigen. Die Kleidungsstücke hängte sie ordnungsgemäß über den Metallständer, den sie zu diesem Zweck in das geräumige Bad gestellt hatte, weil sie sich immer über die Kleidungsstücke ärgerte, die ihr Mann auf dem Fußboden verstreute.
Verstreut *hatte*.
Trotz des Ständers lagen seine Sachen auf dem Fußboden. *Hatten* gelegen.
Marthe räumte sie ihm nicht nach. Das mußte er selber tun. Ob er erwartet hatte, sie sollte sie ihm nachräumen? Männer wollen verwöhnt werden. Hatte er das vermißt?
Marthe schüttelte den Kopf. Sie hörte ihn sagen: "Weißt du, Marthe, wenn ich zwischen euch beiden zu entscheiden hätte, dann hättest du gewonnen. Ganz bestimmt. Du bist so ein wunderbares Stück Himmelbett, in das man sich fallen-

lassen und ausgeruht wieder aufwachen kann. Wirklich, Marthe, es gibt nichts, das ich gegen dich sagen könnte. Du bist ausgeglichen und besonnen. So ganz ohne Hektik und Migräne."
Das Himmelbett stieß Marthe auf. Jetzt.
"Ein wunderbares Stück Himmelbett"!
Wieso hatte sie das nicht in Rage gebracht?
Himmelblau und babyrosa, das waren seit eh und je die Farben, die Marthe nicht ausstehen konnte. Und wieso war sie kein ganzes Himmelbett gewesen? Ein wunderbares Stück. Was, wenn sie das „Wunderbare" wegließe?
Dann bliebe noch ein Stück.
Ein Stück.
Ein Stück!
Ooch,... chrr!
Endlich kam die Wut!
Marthe schnaubte. Und mit dieser Wut tauchte sie in die Ziegenvollmilch.
Wie kam er dazu, sie als Stück zu bewerten? Miststück... Drecksstück... Saustück... - Unfaßbar!
Marthe mußte auftauchen, weil ihr die Luft in der Ziegenvollmilch ausgegangen war. Weitere Stücke waren ihr nicht greifbar.
Doch:
Mordsstück!
Daran blieb Marthe hängen. So könnte sie ihm eins auswischen: Zweifelsohne wäre ihm dieser Mord nachzuweisen. Anzulasten. Bestimmt hat-

te ihn jemand aus dem Haus gehen sehen. Er wäre der letzte gewesen, der sie lebend gesehen hätte. Das würde Schlagzeilen geben!
„Der Architekt Michael Max Müller ertränkt seine überflüssig gewordene Ehefrau in duftender Ziegenvollmilch!" -
Es duftete wirklich gut! Und wie es die Haut streichelte und fettete! -
Für den Preis konnte sie auch Duft und Pflege verlangen. Das wär' ja noch schöner!
So ein Bad war wirklich ein Stück vom Paradies. Ein wunderbares Stück Paradies. -
Ein Stück konnte auch genügen.
„Es ist das Kind, Marthe. Ich möchte das Kind. Ich weiß, daß es dir gegenüber nicht fair ist. Ich weiß es. Aber - ich sehne mich richtig danach, Vater zu sein. ... Nicht, daß ich die Absicht hatte. Das nicht. Es ist so gekommen. Und ich lasse es so. - Einen kleinen Hauch von Schicksalsmacht hat es schon. Du weißt ja, auch ich bin ohne Vater aufgewachsen. Diese blöde Tatsache hat so viel Probleme für mich gebracht. Verstehst du? Ich möchte, daß mein Kind ... Das verstehst du doch?"
Er würde bestimmt ein guter Vater sein. Das wußte Marthe sicher.
Auf einmal war es da, das Stückchen Traurigkeit, das Marthe vermißt hatte. Es löste die Starre in ihrer Seele und machte sie wieder normal. Na also. Endlich!

Tränenüberströmt tauchte sie wieder in ihr Schönheitsbad.
Das Telefon läutete. Lange. Sie hörte es zwischen ihren Schluchzern und ihrem Untertauchen.
Als sie wütend genug war von dem Geläute und sich mit einem zornigen "Nein!" aus der Wanne erhob, verstummte es.
Vielleicht hatte er etwas vergessen. Pah!
Vielleicht machte er sich Sorgen wegen dieses steifen Abschieds. Pah!
Das war ja wohl das Mindeste! Sein schlechtes Gewissen sollte ihn verfolgen bis an sein Lebensende! Träumen sollte er von ihr!
Jede Nacht! Mal vor Sehnsucht, mal vor Angst!
Sorgen sollte er sich um sie machen! Richtig große Sorgen!
Vielleicht hätte sie doch in der Ziegenmilch.... Pah!
Dann hätte er auch noch das Haus gehabt. Nein, das nicht auch noch!
So hatte er immerhin gesagt: „Marthe, das Haus behältst du. Ich bin derjenige, der geht, also bleibst du im Haus. Es ist neu. Reparaturen fallen vorläufig nicht an. Sollte doch was sein, ruf mich an. Ich kümmere mich um die bauliche Seite. - Verkauf es nicht gleich! Marthe, vermiete es lieber, wenn du durchaus nicht darin bleiben willst. Du kannst es auch möbliert vermieten. Laß es mich wissen. Ich hole mehr raus. Verkaufen kannst du es immer noch ."

Pah!
Er wird der letzte sein, den sie anruft. Im Leben nicht!
Oder doch?
Jeden Tag? Nur so, um jemandem die Ruhe zu rauben? Wer ihren Mann umgarnte, wer ihn ihr wegschnappte, der muß damit rechnen!
Mistkerl! Saublöder Mistkerl!
So einem wird sie doch nicht nachtrauern.
Das fehlte noch!
"Mensch, Marthe, sag´ doch was! Schrei mich an oder schlag etwas kaputt! Aber steh' nicht so versteinert da. - Bitte, Marthe! Ich kann dir nicht erklären, wie es passiert ist. Aber es ist nun mal passiert. Wenn diese, unsere Moral nicht so stur gefächert wäre, wäre es überhaupt kein Problem. Es ist wirklich notwendig, die Ehe- und Familiengesetze total zu überarbeiten. Was wäre schon dabei, wenn ich hier dich habe und dort das Kind?
Oochch!
So ein verkommener Dreckskerl!
Möchte wohl die Vielweiberei einführen! Es lebe der Mann! Das Weib sei ihm Untertan! Das könnte ihm so passen!

Mit dieser Wut im Bauch war Marthe im Zimmer ihres Mannes gelandet. Er hatte den ganzen Spitzboden, der schön mit Holz verkleidet war, für sich als Arbeitszimmer beschlagnahmt. Er brauchte auch zu Hause einen Zeichentisch. Hier oben war er ungestört. Die Giebel waren verglast - und nicht nur die Giebel. Marthe hatte diesen Raum immer gemocht. Hier hatte er noch gearbeitet. Nach Dienstschluß. Hier war Marthe so manches Mal auf der breiten Liege eingeschlafen, während er noch am Tüfteln war. Aber sobald er zu ihr unter die Decke kam, war sie wach und ...

Und trotzdem war sie nicht schwanger geworden.

Die eigentlichen Geschäftsräume befanden sich in der Landeshauptstadt. In guter Lage - selbstverständlich.

Er hatte rechtzeitig zugeschlagen - kostengünstig. So war aus einem baufälligen Haus der Innenstadt ein Bürohaus geworden. Als ersten Mitarbeiter hatte er sich Richard geholt, seinen Freund aus der Studienzeit. Richard wohnte oben im Geschäftshaus.

Vielleicht würde er ihn jetzt raussetzen?

Vielleicht brauchte er jetzt selber die Wohnung?

Vielleicht baute er auch schon wieder ein neues Haus? Wieder nach persönlichem Zuschnitt. Die Entwürfe konnte man dann immer noch verkaufen. Mehrmals. Mit geringen Änderungen. Die Branche boomte. Da konnte er großzügig sein und ihr das Haus überlassen.

Was heißt hier großzügig? Es war doch auch ihr Haus! Verdammt noch mal! Sie arbeitete auch!

Nicht selbständig und alleinherrschend. Das nicht. Auch nicht kreativ nach eigenen Entwürfen. Sie war angestellt in der Bank. Mit festen Vorgaben und fester Zeit. Aber immerhin!

Am Anfang war das die Absicherung gewesen - für den Fall, daß er sich übernommen hätte. Hinterhältiger Schweinebarzi!
Was sollte sie nun mit diesem schönen Raum anfangen?
Ein Arbeitszimmer brauchte sie nicht. Sie mußte auf der Bank arbeiten. Zum Zurückzuziehen hatte sie schon ein Zimmer im ersten Stock. Dort, wo auch das Badezimmer und das gemeinsame Schlafzimmer war.
So hatte ihr Mann das angelegt.
Er hatte schon immer auf dem Standpunkt gestanden, daß jeder Mensch ein Stück ureigenes Leben nötig hatte. Trotz aller Liebe und Gemeinsamkeit.
Nun hatte sie ein ganzes Haus ganz für sich allein. Den ganzen Tag ging sie arbeiten. Und abends war sie ganz allein.
Und nicht nur abends. Auch samstags und sonntags und an allen Feiertagen und an allen Urlaubstagen und immer und immer und ganz und gar.
Sie saß immer noch in ihr Badetuch gehüllt auf der überbreiten Liege im Arbeitszimmer ihres Mannes.

Ach! Sie war ganz und gar verlassen.
Nie mehr würde er sagen:
„Marthe, mach dich hübsch! Wir sind heute Abend eingeladen. Wir haben ein gutes Projekt abgeschlossen."
Marthe zog zu solchen Anlässen immer dasselbe Kleid an - mal mit Goldkettchen, mal mit Anstecknadel, mal mit Kragen, mal mit Tuch, mal mit Jäckchen, mal mit Blüte, mal mit weiter nichts als riesigen Ohrgehängen.
Aber die Frisur!
Marthe hatte eine Schwäche für wechselnde Frisuren. Ohne großen Aufwand kämmte sie sich fast jeden Tag anders.
Lange Zeit war es ihrem Mann nicht aufgefallen, daß sie immer das eine Kleid anzog. Eines Tages hatte er dann aber gesagt: „Marthe, du könntest dir doch mal was Neues kaufen. Ich meine, so schlecht geht es uns doch nicht. Die Geschäftsleute erwarten auch von uns, daß wir ihren Umsatz steigern."
Hätte sie da stutzig werden sollen?
Ein neues Kleid hatte sie nicht gekauft. Aber zwei Röcke, einen maxi, einen mini. Da hatte er gesagt: "Ich glaube, du könntest mit einem Sack um den Leib erscheinen. Dein Gang reißt alles raus."
An dem Abend war Marthe in ihrem Schlafzimmer auf den großen Spiegel zugeschritten, weil sie sehen wollte, wie sie ging. Ihr war nichts aufgefallen.

Nie in ihrem Leben hatte Marthe eine Neigung zum Kaufrausch. Und nun schon gar nicht. Obwohl sie genug Geld hatte. Obwohl Geschäfte in Massen vorhanden waren.
Die vollgestopften Verkaufsräume - ob groß, ob klein - bereiteten ihr Unbehagen.
Sie hatte von jeher nicht viel gekauft. Dafür lieber gute Stücke. Jedes Stück zog sie hundertfach in immer neuen Varianten an. Ihr Haarreif war nicht nur Haarreif. Er war auch Halsband, er war auch Ärmelschmuck für den groben Pullover.
Sie hatte sich immer wohl gefühlt. Wann, wann jemals würde sie sich wieder so wohlfühlen? Da war sie nun gebadet - und ihr war immer noch elend zumute.
Sie war unendlich traurig. So jämmerlich verlassen. So hundsgemein allein. Am Sonnabendnachmittag! Was macht man da als abgelegte Frau?
Ach, ach, ach!
Mensch, Marthe! Laß dich nicht so hängen! Verdammt nochmal!
Nicht für den!
Auch nicht für die, Marthe!
Sollen die ihr Baby kriegen! In Gottesnamen! Sie, Marthe, wird daran nicht zugrunde gehen! Irgendetwas wird Marthe machen. Sie weiß noch nicht, was. Aber irgendetwas wird ihr schon einfallen. Irgendetwas. Und wenn sie sich mit dem Teufel verbünden müßte!

Irgendwann einmal wird Marthe sterben. Klar! Aber nicht mit 31!
Und schon gar nicht an gebrochenem Herzen!

Die Zeit lief weiter.
Sie kümmerte sich nicht um Marthe.
Nach wie vor ging sie jeden Morgen in ihre Bank. Zu Fuß. Wie vorher auch. Sie hatte zwar ein Auto, aber ihr waren die zwanzig Minuten Weg am Morgen und am Abend angenehm. Sie brauchte die Bewegung und die frische Luft.
Ihr Mann hatte ein neues Auto gekauft - für die Firma, versteht sich, und wegen der Steuer, ganz klar. Das andere hatte er für Marthe neu spritzen lassen. Schließlich waren zwei Garagen am Haus.
Marthe wunderte sich, daß sie überlebt hatte. In diesem Haus! Sie hatte es nicht verkauft. Auch nicht vermietet. Auch nicht angezündet. Sie hatte nicht einmal etwas kaputtgeschlagen.
Zuerst hatte sie das ganze Haus geputzt. Schließlich begann der Frühling. Dann hatte sie in ihrem Gärtchen gewühlt - mit bloßen Händen. Mit jeder Handvoll Erde, die sie zerkrümelte, hatte sie ihre Wut zerkrümelt. Bis das Gras gewachsen war, würde sie auch schaffen, den Rasen zu mähen. Den hatte ihr Mann immer gemäht.
Obwohl alle in der Bank bescheid wußten und darauf warteten, daß Marthe einen Ton sagen würde, sagte sie nichts. Alle wollten sie einladen,

alle wollten sie ablenken, alle sie trösten. Nein, danke! Marthe lehnte ab.
Das war unerhört!
Das Telefon ließ sie klingeln. Mit der Zeit nahm das Klingeln ab. Dafür bekam sie Karten. Wie schön, daß außer dieser ewigen Werbung, die sie ungelesen in den Abfall warf, wieder mal etwas im Briefkasten war, was da hinein gehörte.
Die Karten hatten fast alle den gleichen Wortlaut: „Marthe, was ist los? Es geht niemand an's Telefon. Melde Dich doch mal!"
Micha -Tante Marta - Mutter - Lissi.
Bei Tante Marta stand noch der schmollende Satz: „Ihr könntet mich ruhig wieder mal besuchen!" Ihr! Aha! Sie wußte noch nicht, daß Marthe verlassen worden war.

Nach der ersten Haus- und Gartenrunde spürte sie keine weiteren Gelüste mehr nach Hausputz und Gartenarbeit. Also machte sie sich aus dem Staub.
Zuerst fuhr sie zu Tante Marta. Da sie so schön weit draußen am Stadtrand der Landeshauptstadt wohnte, würde Marthe wohl nicht gleich ihrem scheidungswilligen Mann und seiner Mutter werdenden zukünftigen Frau in die Arme laufen. Zur Sicherheit legte sie sich aber ein paar Sätze zurecht. Und viel Freundlichkeit auch.

Tante Martas Gehöft lag in der blanken Sonne, immer noch mit Blick auf weite Landschaft.
„Eine Goldgrube, Tante Marta!", hatte ihr Mann gesagt. „Laß dich ja nicht überrumpeln! Frag mich, wenn du etwas vorhast mit dem Kleinod!"
Das Ufer des Sees, an den das Grundstück grenzte, war, Gott sei Dank, noch nicht mit Hotels besetzt, und der Acker, noch nicht zum Gewerbegebiet umfunktioniert, ließ Getreide keimen. Was für ein Friede!
„Du bist allein?", wunderte sich Tante Marta. „Er soll's mal nicht übertreiben. Muß sich wirklich zu Tode rackern! Aber auch der kriegt seinen Sarg nicht mit Geldscheinen tapeziert! - Was ist mit eurem Telefon?"
Da wurde Tante Marta aufgeklärt.
Sie hörte geduldig zu und blieb noch eine Weile still, als Marthe geendet hatte. Verwundert schüttelte sie den Kopf: „Und der Herrgott hat ihnen immer noch keinen Buckel aufgesetzt! - Da kannste mal sehen, daß der Herrgott auch ein Mann ist! - Stell dir vor, sie würden einen Buckel kriegen! - Ich will ja gar nicht sagen, für immer. Das könnte man ja auch nicht aushalten. Aber für die neun Monate... Stell dir das bloß mal vor! - So wie der Bauch der Frau wächst, so wächst beim Mann ein Buckel! Das wäre doch gerecht! Das wäre doch das Mindeste. Diese Welt ist so unvollkommen."
Die Idee gefiel Marthe.

Wirklich, das mußte man sich vorstellen!
Den ganzen Abend fielen sie in diese Phantasie zurück. Immer wieder fanden sie neue Bilder, die sie zum Lachen brachten. Das Lachen tat gut. Es befreite.
Sie schafften eine Flasche Rotwein. Sie prosteten auf die Buckel der werdenden Väter. Das versöhnte.

Der Buckel half Marthe.
Ob sie eingedenk ihres Ehemannes in Wut verfiel oder in Einsamkeit, der Buckel brachte sie wieder auf die Beine. Eines Tages würde sie ihm begegnen - mit seinem Buckel!
Hach! Sie sah ihn vor sich, wie er an den Häuserreihen entlangschlich und versuchte, ihr auszuweichen. Aber Marthe würde mit ihrem Gang, der alles herausreißt, geradewegs auf ihn zusteuern. Überrascht sein wird Marthe nicht. Sie ist ja vorbereitet. Das Lächeln, das sie dazu aufsetzt, wird sie gut einstudieren. Noch will sie ihm nicht begegnen. Noch ist der Buckel viel zu klein. Etwas später, wenn er von der Last des Buckels niedergedrückt wird. So im achten oder neunten Monat. Ob er dann überhaupt noch hochgucken kann? Macht nichts! Marthe wird lächelnd auf ihn herabsehen, wenn er so verwachsen und verzweifelt vor ihr steht.
Ja, das tat gut.

Nach Tante Marta besuchte sie Lissi. Bis zum Abitur waren sie zusammen zur Schule gegangen. Im Mogeln hatten sie es zur Meisterschaft gebracht. Fast zur gleichen Zeit hatten sie auch geheiratet. Dann hatte Lissi sie überflügelt: Sie hatte drei Kinder zur Welt gebracht.

Das erste war ein Wunschkind. Natürlich. Das zweite war ein Reinfall, weil Lissi die Pille vergessen hatte. Danach hatte Lissi es abgelehnt, die Verantwortung für den Kindersegen zu übernehmen. Sollte er doch verhüten! Außerdem bekam ihr die Pille nicht. Also kaufte ihr Mann die Verhüterli in der Apotheke - im Dutzend billiger. Das dritte Kind war ein Zufallstreffer, weil er nicht rechtzeitig für Nachschub gesorgt hatte. Nun belauerten sie sich gegenseitig - und hatten beide eine heimliche Reserve in verschiedenen Verstecken zurückgelegt.

Den ganzen Vormittag hatten die Kinder mit Fahrrädern, Puppenwagen, einer Schubkarre mit Bauschutt und ähnlichem Gerümpel einen Parkplatz für Marthe freigehalten. In Erwartung ihrer „Parkgebühren" standen sie alle drei an der blockierten Stelle bereit. Sie wußten, Marthe brachte nichts Süßes mit, Marthe brachte etwas „für die Sparbüchse" .

„Was ist denn dem Stiesel eingefallen!", schimpfte Lissi los. „Glaubt er, er findet eine bessere als dich? Der wird sich wundern! Verlaß dich darauf! - Der wird's bereuen! Ich wünsch ihm Fünf-

linge an den Hals! - Kennst du sie?"
„Nein."
„Wie kann er dich eintauschen! So ein Blödmann! - Ich hätte sie mir angeguckt."
„Ach! Wozu denn das?"
„Hast recht. - Tut´s sehr weh?"
„Es geht schon. Ich scheine zu überleben."
„Bist du nicht vorher dahinter gekommen?"
„Nein. Ich habe nichts gemerkt."
„Nichts mit Blumen und Geschenken, wenn sie ein schlechtes Gewissen haben?"
„Er hat mir schon immer Blumen mitgebracht. Und Geschenke. Und klitzekleine Überraschungen."
„Vielleicht war das immer das, was er so von ... Kunden bekam ...?"
„Er war immer ein aufmerksamer Ehemann."
„Vorgebeugt hat er! Das sind die Schlimmsten! - Mensch, Marthe! Du gefällst mir gar nicht. Paß auf, daß du nicht auf der Strecke bleibst! Es lohnt sich nicht. Kein Mann ist das wert! - Weißt du, was unser Dilemma ist? Wir lieben uns selber zu wenig. Wir lieben die Kinder, wir lieben den Mann, wir lieben die Eltern, wir lieben die ganze Sippe. Bloß uns selbst... Wir haben für uns nichts mehr übrig. - Bist du jetzt froh, daß du kein Kind hast?"
„Nein. Dann wäre es nicht passiert."
„Mensch, Marthe! Unsinn! Laß ihn sausen! - Weißt du was? Um einen Mann zu vergessen,

braucht man einen Mann. Alles andere hilft nicht. Du kannst dir Klamotten kaufen, du kannst auf Reisen gehen, du kannst dich betrinken, du kannst dich rundfuttern. Es hilft nichts. Nur ein Mann. Man muß einen Mann mit einem anderen Mann erschlagen. Das hilft. Sonst nix. - Ich hab meinen Wedemeier schon verdonnert: Wir gehen heute Abend aus. Wir reißen einen auf für dich!"

„Lissi! Für kein Geld! Ich geh mit dir spazieren. - Weißt du, wie blöd das ist, allein spazieren zu gehen? Ich fahr auch mit dir ins Konzert oder ins Theater. - Weißt du, wie beschissen das ist, allein ins Konzert zu gehen? Was ich bloß mit meinem Urlaub mache? - Ich werd mir noch eins von deinen Wänstern borgen. Immer Reih um."

„Fang bloß nicht so was an! Nein! Nein! Nein! Kommt nicht in Frage! Na schön, du kriegst eine Übergangszeit. Klar. Das versteh ich schon. - Weißt du, Marthe, was ich manchmal denke? Vielleicht habt ihr auf irgendeine Weise nicht zusammengepaßt. Rein fortpflanzungsmäßig meine ich. - Vielleicht ist ein Partnerwechsel gar nicht schlecht. Rein fortpflanzungsmäßig. Wenn's bei ihm geklappt hat, kann's bei dir doch auch... "

„Lissi! Nun hast du mich genug getröstet. - Vielleicht hol ich mir eins aus dem Heim. Ich würde meinetwegen auch ein größeres nehmen."

„Aber hol's dir nicht gleich. So zum Trost. Das taugt auch nicht."

„Ach!"
In Wedemeiers Armen fiel sie noch einmal ganz zusammen.

Dann wurde es doch noch ein fröhlicher Abend. Marthe eröffnete ihnen, daß auf ihren armen Mann eine schwere Last zukäme - ein Buckel. Wedemeier wurde ausgestopft - mit immer grösseren Kissen. Oh Gott! Was war Wedemeier froh, daß er seine Kinder ohne Buckel gekriegt hatte! Welche Last mußte das für einen werdenden Vater sein! Und nichts paßte mehr. Und nichts saß mehr! Sie waren sich auch einig, daß es dann in unseren Breiten noch weniger Kinder geben würde. Und erst recht weniger außerehelich geborene. Ei, gewiß doch! Und wer würde dann noch lange um die Unterbrechung herumzetern! Welcher Mann?
„Marthe!", schrie Lissi zur vorgerückten Stunde. „Was machst du, wenn er nun keinen Buckel bekommt?!"
„Er wird schon einen kriegen! Wirst sehen!"
„Im Ernst, Marthe! - Es könnte doch sein, daß er gar nicht..."
„Lisselotte! Red nicht solchen Schmarren! - Und wenn ihn keiner sieht, ich werde ihn sehen, den Buckel."
„Nein, Marthe, ich mein das doch anders. - Er kriegt keinen Buckel. Er wird auf den Buckel warten. Aber er kriegt keinen. Den kriegt ein an-

derer. Na, da wird er erst gucken! Marthe! Das ist ja noch schöner! Er wartet und wartet - aber nix. Nur das Bäuchlein wächst. Was wird er dann machen?"

„Lisselotte! Du bist gehässig. Nein, Lissi, er möchte so gerne Vater werden."

„Das wird er ja auch. Einer mit Hörnern. Was meinst du, wie viele betrogene Väter es gibt? - Das wäre schon anders, wenn sie einen Buckel kriegten. Dann hätten sie auch eine Kontrolle."

„Lissi!"

„Und was kriegen sie fürs bloße Fremdgehen? - Ohne Schwangerschaft?"

Vielleicht hätte Wedemeier einen Vorschlag gehabt. Nur, der war auf der Couch mit seinem Buckel als Kopfkissen schon eingeschlafen.

In seinem Ehebett durfte Marthe schlafen.

Die letzte Informationsreise, auf der Marthe ihren neuen Familienstand darzulegen hatte, war die Reise zu ihrer Mutter. Daß sie diese an die letzte Stelle gesetzt hatte, lag nicht nur in der Entfernung zu ihr begründet...

Ihre Mutter kam ihr zuvor. Sie telegrafierte: „Ankomme Freitag, 13.46 Uhr. Mama."

Marthe mußte wirklich aufpassen, daß sie nicht zusammen auf einem Tränenmeer davonschwammen. Auf diesen Schwiegersohn war die Mutter so stolz gewesen. Er war ja so praktisch. Er war ja so zuvorkommend. Er war ja so klug.

Er war ja so liebenswürdig. Er trug Marthe auf Händen. Er bettete sie auf Rosen. So ein Glück!
„Du wirst doch nicht um ihn heulen!", fuhr sie Marthe an und wischte sich die Tränen fort.
Marthe konnte lachen.
„Du bist nicht die erste, deren Mann im fremden Nest brütet. - Und da war nichts zu retten? Ich meine, mußtest du ihn gleich rausjagen? Mein Gott, Marthe, von Ewigkeit ist nichts. - Vielleicht hättet ihr das Kind sogar... mit aufziehen können. Schon gut, schon gut! - Dann wirst du ihn eben rüberholen. Dann soll er bluten! Nimm dir bloß einen ordentlichen Anwalt! Das soll er spüren! - Ach, Marthe! Armes Kind!"
„Mama! Ich habe es überlebt. - Und er. Er wird einen Buckel kriegen!"
„Was wird er?"
„Er wird einen Buckel kriegen."
„Wie das?"
„Er wird einen Buckel kriegen. Kennst du keinen Buckel? So ein Höcker auf dem Rücken. So wie bei der Frau der Bauch wächst, wächst bei ihm der Buckel. Das ist doch schön gerecht."
„Marthe, Kind! Bist du in Ordnung? Was redest du da? Du wirst mir doch nicht durchdrehen? Du solltest dich vielleicht ein bißchen krankschreiben lassen. So schlimm wie eine Operation ist eine Scheidung allemal. - Ach, Marthe! Ich kann es nicht fassen!"

Sie ging durch das ganze Haus und sagte wie bei ihren anderen Besuchen auch: „So ein schönes Haus! So ein schönes Haus! - Daß du ja nicht ausziehst! Das machst du nicht! Wenn er sich eine zweite Ehefrau leistet, kann er sich auch ein zweites Haus leisten! Hörst du, Marthe?"
„Er läßt mir das Haus."
„Hast du das schriftlich? - Und was heißt, er läßt dir das Haus? Die Hälfte gehört dir doch. - Das halbe, seine Hälfte, läßt er dir? - Und du meinst, da ist nichts zu kitten?"
„Mama! Weißt du noch, wie du versucht hast, die Tasse zu kitten, die ich kaputtgeschlagen hatte?"
„Naja, damit das Service vollständig war."
„Wir haben die Tasse nie wieder benutzen können. Sie leckte."
„Ach, es ist zu schade! Daß dir das passieren mußte!"
„Lassen wir ihn leben, Mama. Trinken wir Kaffee. Und dann kannst du dich ein bißchen hinlegen."
„Ich komm doch nicht her, um mich hinzulegen. Der Garten schreit nach Wühlhänden. - Du mußt jeden Tag ein bißchen machen, Marthe, sonst wächst dir alles über den Kopf. Und morgen putze ich die Fenster."
„Das wirst du nicht tun! Das fehlte noch! Für die Fensterwand muß ich sowieso eine Firma holen. Da kommt man gar nicht ran."

„Nein, so ein Unglück! So ein Unglück aber auch!"
Sie blieb, bis Haus und Garten vorbildlich, in deutscher Ordnung glänzten. Aber für Marthe, die schon den ganzen Tag in ihrer Bank gute Laune und Kundenfreundlichkeit ausstrahlen mußte, war es anstrengend, auch noch nach Feierabend fröhliche Gelassenheit vorzutäuschen. Ihr war es, als stünde ihr auf die Stirn geschrieben: „Mein Mann hat mich sitzenlassen!"
Das war ein Makel.
Mit diesem Makel gezeichnet, traute sie sich nicht, durch die Stadt zu spazieren. Nahm immer häufiger das Auto. Im Auto wurde man nicht angesprochen. Im Auto traf man niemanden. Diese Stadt war zu klein. Jeder kannte jeden und wußte alles über alle.

Nun haben ja Banken, Versicherungen, Konzerne, Betriebe und Betriebchen meistens Töchter und Vettern. Darum bat Marthe eines Tages um einen Termin bei ihrem Direktor. Wohlweislich hatte sie sich ein wenig zurechtgemacht - wegen der Repräsentation. Das war man seiner Bank schuldig. In diesem Anzug- und Aktenköfferchenland lief mit Rollkragen nichts.
Die schlanke Hand des Direktors wies Marthe in seinem Büro den Gästeledersitz an. Marthe hatte eine Beruhigungstablette geschluckt. Das tat sie eigentlich nie. Aber Lissi hatte gesagt: „Wenn du

mal so eine extra ruhige Überlegenheit brauchst, kannst du schon mal eine nehmen. Ich geb´ dir zwei mit. Nur so - für den dollen Notfall."
Darum konnte Marthe nun nachlässig-elegant ihre gut gewachsenen Beine übereinander schlagen und sehr unschuldig lächeln.
Als Marthe um eine Versetzung bat, möglicherweise um einen Tausch, „...denn es könnte ja immerhin möglich sein, daß noch irgend jemand versetzt werden wollte...“, lächelte der Direktor.
„Und Ihr Haus?", fragte er nach. Bestimmt nicht aus purer Menschenfreundlichkeit.
In Marthes Hinterkopf flammte ein Lämpchen auf.
„Wollen Sie es verkaufen?" Er lächelte weiter. „Ich meine, wir könnten Ihnen behilflich sein. Außerdem - das werden Sie begreifen - würde das die Auswahl ihrer Versetzungsorte erweitern. Es ist relativ neu, so daß wir einen guten Preis für Sie herausschlagen könnten. - Auch eine Wohnung für Sie wäre leichter durch einen Tausch zu vermitteln. - Da würden wir Ihnen schon behilflich sein. Selbstverständlich."
„Ich danke Ihnen", säuselte Marthe. „Wenn es so weit ist, werde ich daran denken. Aber vorerst..., sehen Sie, wir sind noch gar nicht geschieden. Sie wissen ja: Die Formalitäten, das Trennungsjahr. Ich möchte auch nicht so lange hierbleiben, bis alles entschieden ist. Ich möchte schnell hier weg!"

„Verstehe. Ich werde sehen, was ich machen kann. - Vielleicht fahren wir mal die Filialen ab? Ganz unverbindlich natürlich. - Bis auf ein Essen, das könnten wir uns dabei schon leisten."
„Aber, bitte, keinen Fisch", säuselte Marthe noch einmal. „Ich kann Fisch nicht zerlegen. Das hat immer mein Mann für mich getan."
Marthe reichte dem gutsitzenden Anzug ihre Hand und ließ durch ihre Augen ein klitzekleines Fünkchen von dem Lämpchen aus ihrem Hinterkopf leuchten. Sie drehte sich um und ging. Dabei war sie wohlbedacht, ihren Gang nicht zu sehr zu verwackeln. Sie ahnte, daß er sie als Fisch an seiner Angel wähnte und sie zappeln lassen würde.
'Mistkäfer!´, dachte sie. 'Schmeißfliege!´ Und: 'Einen Buckel soll er kriegen!´
Unter diesem Aspekt sah sie sich noch einmal um. Die langen Finger aus dem Anzug formten ein Winken. Bestimmt meinte er, sie säße ihm fest am Haken.
Und was meinte sie?
Eine Weile war sie fast gekränkt, daß jemand, der sie erobern wollte, so plump an die Sache heranging. Gott! In jedem Film ging man essen! Kein Mensch machte sich heutzutage noch die Mühe, nach einfallsreichen Anfängen zu suchen. Wozu auch? So viele Einfälle, wie gebraucht wurden, konnte es gar nicht geben. Das war nur eine Vereinfachung. Mehr nicht. Zu bedeuten

hatte das gar nichts. Nur: Essen, Bett, und die Sache, um die es eigentlich ging. Ihre Versetzung. Vielleicht sogar mit Wohnung. Das Haus würde sie in der Reserve halten. Wenn schon ein Handel, dann sollte sie nicht nur Verlierer sein.
Mensch, Marthe! Das sollte dich ein Lächeln kosten!

Wer weiß, wer weiß, vielleicht steckte in dem tollen Anzug ja auch ein toller Hecht! Daran stirbt keiner. Sie nicht. Er auch nicht. Ihr Mann?
Mein Gott, sie hatte doch gar keinen Mann mehr! Seine Frau? Hatte er denn eine? Pah! Marthe hatte keinen Grund, auf irgend jemand Rücksicht zu nehmen! Sie nicht! Nie im Leben! -
Auf sie hatte auch niemand Rücksicht genommen.
Ob er sich seine Klamotten eilig vom Leibe reißen und sie, auf dem Fußboden verstreut, liegenlassen würde? Oder mußte er seinen Anzug erst auf einen Bügel hängen?

Marthe nahm sich vor, darauf zu achten. Jeden Tag lag sie auf der Lauer. Nichts.
Wenn der Direktor denn sichtbar wurde, wandelte er seinem Ruf und seinem gutsitzenden Anzug gemäß, freundlich, aber immer auf den nötigen Abstand bedacht, durch die Hallen.
Marthe fand den stolzen Neubau, so hell und warm, so rein und teppichgedämpft, so elektronisch und signaltechnisch modern er auch ausgestattet war, scheußlich.
Der Kundenraum, der für Normalkunden, war ein großer Halbkreis, in dessen vorderem Bereich sich die Schalter befanden. Dahinter, ein wenig im Hintergrund, immer schön versetzt, teilweise durch halbherzige Wände getrennt, aber doch immer offen, die üblichen Beratungskisten, wie sie insgeheim bezeichnet wurden.
In der oberen Etage waren die Räume schalldicht getrennt. Natürlich.
Marthe saß in einer Kiste. Die Spareinlagen der Kunden, die Marthe beriet, waren das Kleinvieh, das auch Mist machte.
Mit keinem Fünkchen, mit keiner Ärmelgeste gab der Bankdirektor Marthe ein Zeichen, daß da etwas lief.
Mit jedem Tag fühlte sie sich weniger wohl. Sie begann, die Anzeigen in den Zeitungen mit

mehr Sorgfalt zu lesen. Dann schickte sie Bewerbungen los. Die meisten blieben ohne Antwort. Manchmal kam ein Bedauern zurück, man hätte aus dem reichhaltigen Angebot schon gewählt.

Die Unruhe, die sie sonst nur zu Hause überfiel, saß nun auch mit ihr in der Kiste. Der einzige Moment ihres Tages, der ihr eine Art angenehme Spannung verlieh, war der, wenn sie ihren in rote Klinker eingemauerten Briefkasten öffnete. Ihre Sehnsucht nach einer großen Stadt, in der sie untertauchen konnte, wuchs.

Ganz fremd sein. Ganz neu anfangen. Alles anders machen. Kühn sein. Nicht auf der Verliererseite stehen.

Lissi, die ihre Niedergeschlagenheit am Telefon bemerkte, kam zu Besuch.

„Was schreibst du auch für Bewerbungen! Himmel! Die riechen meilenweit nach einem armseligen Hascherl, das nichts versteht. Marthe, Mensch! Du kannst doch was. Gott, du bist doch nicht dumm! Stell dich nicht an! Du mußt das ganz anders machen. Ich halt's nicht aus! Marthe, du mußt all deine guten Eigenschaften reinbringen! Und die, die du gerne hättest, auch noch! Sogar dein Haus und deinen Garten mußt du erwähnen. Und daß du keine Kinder hast... auch nie welche haben wirst. Verdammt nochmal! - Und daß es dir nicht einfällt, vorher zu kündigen! Genauso siehst du nämlich aus."

Gemeinsam entwarfen sie einen neuen Text für die nächsten Bewerbungen. Marthe schämte sich fast. Sie hatte noch keinerlei Erfahrungen mit Arbeitssuche und Arbeitslosigkeit. Sie hatte es immer einfach - einfach gut gehabt.
Ach, ach, ach! Marthe schleppte sich durch ein Jammertal.
Lissi versetzte ihr einen gehörigen Schubs.
Dadurch geriet sie in die Ebene der Wut. Die war immerhin erträglicher als das Jammertal.
Das fehlte noch, daß sie sich unterkriegen ließ! Von ... Buckelhelden! Ausgerechnet von denen! Nie im Leben !

Und dann lief sie ihm in die Arme.
Sie lief ihm regelrecht und buchstäblich in die Arme.
So war das Leben! Voller Zufälle und Kitsch. Nicht zu fassen!
Da sie gerade - wieder mal - den Vorsatz gefaßt hatte, ihr Leben total zu ändern, wachsam, kaltschnäuzig, rücksichtslos, überheblich, kühn und fröhlich zu sein, wollte sie sich, als äußeres Zeichen für den Beginn eines neuen Lebensabschnittes, ein neues Kostüm kaufen. Nicht in ihrer kleinen Stadt. Nein, sie mußte mal raus. Also fuhr sie ein Stück weiter.
Weit genug weg, in eine Stadt, die zum unterzutauchen groß genug war.

Ja, das Leben war schön. Sie schlenderte durch die Straßen und lächelte alle an. Sie aß fürstlich zu Mittag, spendierte ein gutes Trinkgeld. So in Gönnerlaune machte sie sich an das Frühlingskostüm.

Sie hatte das Kostüm in der Kabine angezogen, war herausgetreten, um eine bessere Sicht in den großen Spiegel zu haben und während sie so drei Schritte rückwärts trat, rempelte sie ihn an.

- Und er fing sie mit beiden Armen auf.

„Hoppla! - Es sieht gut aus. Es paßt und steht ihnen. Sie können es nehmen."

Er paßte zu ihrer guten Laune. In Jeans und Lederweste, zottelig blond, mit abschätzendem Lächeln, betrachtete er si .

'Was für eine Wohltat ist so ein lockerer Typ!', dachte sie. 'Nicht bloß Anzug und Würde!'

Und zielgerichtet blinzelte sie ihn an. Und richtig mit Verspätung hauchte sie:

„Entschuldigung."

„Keine Ursache. - Möchten sie's nochmal?"

„Kann ich's mir aufsparen für später?"

„Klar! Hier: Meine Karte. Vielleicht wollen sie sich mal verändern."

„Das will ich. Ich habe gerade einen Stapel Bewerbungen abgeschickt."

„Ich habe gerade einen Stapel Bewerbungen auf meinem Tisch liegen. Vielleicht sind sie dabei? - Wie heißen sie?"

„Marthe."

„An eine Marta erinnere ich mich nicht. Ich meine, der Name ist ja schön genug, daß ich ihn mir gemerkt hätte."
„Marthe, bitte."
„Gut. Marthe. Ich habe es nicht zum Spaß gesagt".
„Ich auch nicht."
Nun sah sie doch auf die Karte in ihrer Hand: Immobilien - Mayer und Meier.
„Nun mal ganz im Ernst", sagte er. „Irgendetwas an ihnen gefällt mir. Trinken sie eine Tasse Kaffee mit mir? "
So einfach war das! Nicht zu fassen! Wahrhaftig, im Leben kommt immer alles anders, als man denkt.

Er war der Meier mit „E". Der „A" - Mayer war ein Anzugmensch.
Die schwangere Gattin des A-Mayers arbeitete Marthe ein. Marthe war lernfähig.
Das Allerwichtigste, was sie zu allererst begreifen mußte: „Sie sind sich doch im Klaren darüber, daß dies eine Vertrauensstellung ist!?"
Sie war sich im Klaren. Sie fühlte sich erlöst von allem Ballast ihres Lebens. Sie begann ein neues. Adrett, mit ihrer täglich wechselnden Frisur genoß sie fröhlich ihr geräumiges Vorzimmer. Einen Teil der Fachbegriffe kannte sie von ihrem Mann. Die Kundenfreundlichkeit brachte sie von ihrer Bank mit, den Umgang mit Geldbeträgen auch, so daß sie nicht ins Staunen geriet. Mayer

und Meier waren davon überzeugt, daß sie mit Marthe eine gute Wahl getroffen hatten.
Und Kaffee kochen konnte sie auch. Und Termine und Essen organisieren. Und Sekt und Cognac einschenken. Und mit Leuten reden und Leuten raten. Und zuhören. Ja.
Und staunen und den Mund halten. Ja.
Und mitdenken. Und noch mehr staunen. Ja.

Marthe ging es gut. Marthe brachte sich ein. Marthe holte was raus.
Mayer und Meier waren zufrieden.
Anfangs war sie täglich gefahren. Aber der Stau kostete zu viel Zeit. So war inzwischen ihr Haus vermietet und Marthe bewohnte die Räume unter dem Dach des Geschäftshauses von Mayer und Meier.
Marthe arbeitete aus lauter Spaß und Freude. Mayer und Meier waren begeistert. Sie arbeitete flink und verläßlich.
Jeden Morgen erschien sie gut gelaunt in der Immobilie. Wenig reden, viel lächeln, immer zuhören. Das war ihre Devise. Mayer und Meier nannten das Ausgeglichenheit und meinten, das käme daher, daß sie nicht durch Mann und Kinder belastet war.
Marthe arbeitete für zwei. So sahen das Mayer und Meier auch. Natürlich zahlten sie ihr kein zweites Gehalt. Das nicht. Aber irgendwie vergüten wollten sie ihr das schon. Beide.

Der erste, der sie zum Essen einlud, war E-Meier. Das mußte mitten in der Woche sein. Am Wochenende wollte E-Meier nach Hause zu seiner Familie fahren. Die wohnte ein Ende weit weg. Marthe hatte Verständnis. Sie genoß das Essen. Sie genoß die Atmosphäre. Sie genoß seine Gesellschaft. Sie fühlte sich wohl. Zur Erinnerung an die erste Begegnung trug sie das lindgrüne Kostüm.
Sie saßen sich gegenüber und tasteten sich vorsichtig mit Blicken ab. Ihr Verhalten zu E-Meier war ohnehin von einem Augenzwinkern behaftet. Dieses Zwinkern verlieh ihnen ein Stückchen Hintergründigkeit, so viel, daß sie beide immer wußten, was gemeint war, aber auch so viel, daß immer ein Stückchen Spannung da war.

A-Mayer lud sie zum Freitagabend zu sich nach Hause ein. Seine Frau kannte sie ja. Marthe hatte schon im Vorfeld vermutet, daß sie sich bei A-Mayer nicht so wohlfühlen würde. Ihr Verhalten gegenüber A-Mayer war durch ein Stück Abstand geprägt. Zwischen ihnen gab es kein Zwinkern.
Sie saßen am großen Eßzimmertisch und sahen einander abwartend an. Alle. Marthe und A-Mayer. Marthe und A-Mayers Frau. Marthe und A-Mayers Sohn aus erster Ehe.

Dieser Sohn war seinem Vater so gar nicht ähnlich. Er war es, der trotz schweigender oder wortgewählter Zurechtweisung immer wieder in das Gespräch einfiel. Seinen Vater nannte er „Vater". A-Mayers Frau übertrieben: „Stiefmütterchen".
„Stört es sie, daß ich hier mit am Tisch sitze?" fragte er Marthe.
„Nein. Was für eine dumme Frage. Ich bin doch zur Familie eingeladen. Ich hätte es übel genommen, wenn du nicht da gewesen wärst."
Einen kleinen Moment hatte sie noch überlegt, ob sie ihn lieber mit „sie" ansprechen sollte, sich dann aber doch für das „du" entschieden. Marthe hatte ihren mütterlichen Blick hervorgeholt und seelenruhig auf den jungen Mann gerichtet. Für einen klitzekleinen Augenblick war er irritiert. Dann fing er sich wieder.
„Wir haben im Keller einen Billiardtisch. Ich lade sie ein..."
„Billiard? Nein, meine Strecke ist Roulette. Nicht da? - Und ein Sandkasten?"
Die Runde hatte er verloren. Das sollte ihn wütend machen. Er entschied sich für Übermut:
„Würden sie ein Verhältnis mit meinem Vater anfangen?"
Marthe ließ ihren Blick voll Charme zu A-Mayer hinüberwandern, der seinem Bengel eine Geste der Empörung hinüberreichte.

„So genau weiß man das nie. Aber ich glaube nicht. Nicht mein Typ. Zu erwachsen. Zu hölzern. Ich würde was zum Kuscheln wollen."
„Dann nehmen sie doch mich!"
„Ja", lächelte Marthe in Zeitlupe. „Die Richtung stimmt. Ja, so etwa könnte es hinkommen. - In zehn Jahren. Wenn du dann noch interessiert bist, können wir darüber reden."
So langsam machte es Marthe Spaß.
So langsam gaben A-Mayer und Stiefmütterchen die Konversationsbemühungen auch auf.
„Wieso haben sie keine Kinder? Ich denke, sie waren verheiratet."
„Vom Verheiratetsein allein bekommt man keine Kinder, aber das lernst du noch."
„Mein Himmel! Sie kriegt man wohl nicht in die Ecke, was? Aber warum haben sie denn nun keine?"
„Für diese schlechte Welt wären meine Kinder zu gut gewesen. - Natürlich, wenn ich gewußt hätte, sie wären so wie du geraten; ich hätte es vielleicht riskiert."
„Könnten wir die zehn Jahre nicht ein bißchen herunterhandeln?"
„Nein. Nein, nein. Da mußt du durch. Das ist deine Schule."
„Schade, daß sie so alt sind!"
„Das ist mein Schutzschild."
„Vater, das ist mal ein richtig guter Typ. Paß auf, daß sie sich nicht selbständig macht!"

Er stand auf und verabschiedete sich von Marthe. An der Tür drehte er sich noch einmal um: „Vielleicht könnten sie mir ein bißchen Nachhilfeunterricht geben? ...So bei den Hausaufgaben."
„Weißt du, wie mein Zeitplan aussieht? Mayer und Meier haben mich so mit Arbeit versorgt, daß ich mich irgendwann wohl noch beschweren werde."
„Vater, hat sie immer das letzte Wort? Das ist mir zu stressig!"
Weg war er.
Marthe fand eigentlich keinen Grund, wofür die Mayers sich entschuldigten. Sie fand den Jungen richtig nett. Sie fühlte sich ihm verwandt. Als Frau Mayer in die Küche ging, um nach dem Mocca zu sehen, gab sie sich Mühe, keine Schweigeminute aufkommen zu lassen: „Er ist ein netter Junge. - Sie machen sich doch nicht etwa Sorgen um ihn?"
„Ich weiß nicht,... Ich denke, er schlägt manchmal schon über die Stränge."
„Ach, Unsinn! Das muß er doch. Außerdem hat er ganz richtig erkannt, daß ich das aushalte. Das ist weiter nichts als eine Meßlatte. Was hat er denn vor? Beruflich."
„Naja... Vielleicht sind sie in zehn Jahren seine rechte Hand."
„Darüber machen sie sich wohl auch Sorgen?"
„Nein, nein. Ganz so schlimm ist es nicht."
Er bewegte sein Glas mit dem Cognac, sah zu, wie der im Glas schwabte und stellte die schlich-

te Frage nun auch: „Warum haben sie denn nun wirklich keine Kinder?"

„Ich habe ganz einfach keine gekriegt."

Er hob langsam sein Glas, um von dem Cognac zu nippen. Dabei ließ er sie nicht aus den Augen. Marthe merkte, daß ihr unbehaglich wurde. Gerade als sie ihre Fünkchen aus den Augen herauslassen wollte, bemerkte sie seine.

Das war nun wirklich eine Entdeckung. Gleich danach kam der Schock. Marthe wurde blaß. - Vor ihren Augen wuchs sein Buckel. Als betrachte sie das Aufbrechen einer Blüte in Zeitlupe, so langsam konnte sie die Wölbung wachsen sehen. Mein Gott!

Es ist genug! A-Mayer beugte sich unter der immer größer werdenden Last. Er ächzte und stöhnte und konnte nicht begreifen, was da mit ihm geschah.

Frau Mayer, die nun mit dem Mocca kam, nahm an seinen Qualen keinen Anteil. Unter dem fliessenden Gewand versuchte Marthe einen Vergleich mit ihrem Leibesumfang herzustellen. Aber der war nicht auszumachen.

„Zucker? Sahne?"

„Wie bitte?"

„Nehmen sie Zucker? Oder Sahne?"

„Sahne. Eine Träne."

„Eine ganze?"

„Wie bitte?"

„Eine ganze Träne - von der Sahne?"

„Ja. Danke."

Frau Mayer nahm Marthes Erstaunen wahr. Sie hatte Verständnis für ihre Verwirrung. Sie war inzwischen daran gewöhnt. Sie schien es vollkommen in Ordnung zu finden. Marthe konnte den Anblick nur schwer ertragen. Sie bat Frau Mayer, ihr doch die Ausstattung für das Baby zu zeigen.
Erleichtert, den schrecklichen Buckelanblick mit etwas so schönem wie Babysachen zu tauschen, folgte sie Frau Mayer in das neue Kinderzimmer.

Hin und wieder bemogelten sich die beiden Meiers. Ein bißchen. Dann strich jeder seinen kleinen Nebenverdienst ein. Das Nachsehen hatte das Steueramt. Für Marthe lag eine Überraschung auf ihrem Schreibtisch. Da sie nie genau wußte, bei wem sie sich zu bedanken hatte, sagte sie just in dem Moment, als beide in ihrem Umfeld waren, die allgemein gültige Floskel, die sich auf alles und auf nichts beziehen konnte: „Sie sind zu mir wie Vater und Mutter. Ich danke ihnen."
Öfter kam es vor, daß Marthe für den einen oder für den anderen auch nach Geschäftsschluß noch zu arbeiten hatte. Meistens arbeitete sie sowieso länger, weil sie den Schreibtisch frei haben wollte.

So zog der Sommer ins Land.
Er zog an Marthe vorbei.
Sie merkte, daß sie in ihrem Kräftehaushalt nicht auf Balance geachtet hatte. Der Nachschub für

ihre Reserven blieb aus. Sich am Wochenende richtig auszuschlafen, war zu wenig.
Auch die Wohnung unter dem Dach des Geschäftshauses erwies sich als nicht vorteilhaft. Der Weg zur Arbeit am Morgen und der Weg nach Hause fehlten. Ganz zu schweigen von ihrer grünen Terrasse, die gerade im Sommer ein Schmuckstück gewesen war.
Sie aß unregelmäßig.
Manchmal hatte sie keine Zeit, manchmal keinen Appetit. Manchmal überkam sie ein Heißhunger, den sie stillte, indem sie einfach Nahrungsmittel in sich hineinstopfte - ohne die Freude an der Zubereitung, ohne Genuß am Geschmack.
Manchmal speiste sie vornehm mit Kunden und einem der Meiers. Manchmal ging sie in die Eckkneipe und verdrückte am Abend eine riesige Portion Bratkartoffeln. Dazu trank sie dann auch ein Bier. Danach schlief sie gut.
Aber sie schlief fast immer gut. Jeden Abend war sie totmüde. Das hatte sie zunächst als Rettung empfunden. So blieben nur die Wochenenden zum Grübeln. Notfalls füllte sie die auch noch mit Arbeit aus, um der Langeweile oder den lästigen Gedanken zu entgehen.

Bewußt wurde ihr der Notstand an einem Freitagnachmittag.
Es war einer der schönen Tage, mit denen der Sommer sich verabschiedet. Wollte man etwas

unternehmen, mußte man sich beeilen. An solchen Tagen kommen die Abende schnell. Und die Nächte sind schon kühl.
Am Freitag ging E-Meier als erster. Er hatte einen weiten Weg nach Hause. Die Familie wartete. Keine Frage. Als A-Mayer ging, blieb er vor ihrem Tisch stehen: „Marthe, gehen sie ein Stück spazieren. Sie sind blaß. - Sie werden doch nicht krank?"
Marthes Lächeln fiel schwach aus.
Wieder entstand vor ihren Augen der Höcker, der A-Mayer schrumpfen ließ. Das Mitleid erdrückte sie, ließ sie in einem Krampf erstarren. Ihr wurde schwindelig. Alles, was sie tief eingeatmet hatte, strömte in einem tiefen Seufzer aus ihrer Lunge heraus.
„Marthe!" Aus der niedergedrückten Haltung geriet ihr Name, den er sonst immer korrekt aussprach, zu einem Hauch. In dieser Haltung würde er sie nicht einmal auffangen können. Zudem war auch noch der Schreibtisch zwischen ihnen. Sie fingen sich beide im selben Moment.
„Es geht schon. Danke. Ich bin gleich fertig. Dann gehe ich spazieren. ... Danke."
Wenn er doch nur gehen würde! Er sah da in der Tiefe so verknittert und gedemütigt aus.
Nein, Tante Marta! Das kann man nicht aushalten. Da haben wir uns eine schöne Last aufgenackt. Schrecklich, schrecklich!
Mühsam rappelte er sich auf:

„Na gut. Ich ruf heute Abend noch mal an, fragen, wie es ihnen geht."
„Das ist wirklich nicht nötig. Es ist alles in Ordnung. Danke."
Als er gegangen war, trat Marthe vor den Spiegel.
Oh Gott!
Wie sah sie bloß aus!
Ihre Haut war nicht nur blaß, ihre Haut war fahl und welk. Augen und Haare waren stumpf und trüb, ihnen fehlte jeder Glanz. Über Bauch und Popo spannte der Rock. - In alle Röcke und Hosen mußte sie sich am Morgen hineinzwängen.
Aus welcher Richtung sie sich auch betrachtete, sie kam immer zu einem vernichtenden Urteil. Kein Wunder!
Wenn man wochenlang, ja, schon monatelang in diesem Hause sitzt, festsitzt, dann kann man nur dick, trüb und welk werden.
Bin ich denn verrückt?
Bin ich gleich für zwei Herren der Sklave? Wer sich als Sklave gibt, findet rasch einen Sklavenhalter! Na immer!
Marthe, Marthe! Es wird Zeit, daß du dich wieder änderst!
Alleine leben war anstrengend. Man machte es immer falsch.
Niemand war da, der rechtzeitig sagte: „Paß auf, das geht in die falsche Richtung!" Erst wenn

man am Boden lag, merkte man, wie es gelaufen war. Wie einfach, wie regelmäßig, wie schön war das Leben mit einem Ehemann! Ach, Micha, mein Micha!
Michael Max Müller, M. M. M. - Du Mistkäfer!
Lügner, Betrüger, Zerstörer!
Für dich ist der Buckel das Mindeste!
Schluß!
Marthe schob allen Schreibkram in das Innere des Schreibtisches, schloß sorgsam ab, begab sich in ihre Wohnung und ließ sofort Badewasser einlaufen.
Erst mal ein schönes, heißes Bad!
Marthe bummelte dann durch die Stadt. Sie brauchte etwas zum Anziehen.
So weit war es mit ihr gekommen!
Als sie noch richtige Ehefrau war, waren solche Einkäufe keine zeitraubende Angelegenheit. Nie, nie in ihrem Leben waren sie problemhaft gewesen. Nun suchte sie lange.
Nichts gefiel ihr.
Nichts paßte ihr.
Ob all die Leute, die sich mit ihr in der Einkaufsstraße, den Kaufhäusern und Geschäften drängelten, auch aus Verzweiflung und Langeweile unterwegs waren?
Mit ihren Tüten, in denen sich überflüssige Verlegenheitskäufe befanden, trottete sie zurück.
Niemand hatte sie beim Anprobieren aufgefangen.

Mayer und Meier stutzten, als Marthe sich am Montag pünktlich zum Dienstschluß verabschiedete.
„Haben sie was vor?"
„Ja", log sie, „ab heute öfter."
Scheinheilig fügte sie hinzu: „War noch was sehr Dringendes? Legen sie es mir auf den Tisch. Ich mache es gleich morgen früh."
In welche Vermutungen sich Mayer und Meier stürzten, ob sie sich laut oder leise jeder für sich äußerten, entging ihr. Sie beeilte sich, nach oben zu kommen. Sie beeilte sich auch, rasch wieder hinunter zu kommen und aus dem Blickfeld des Geschäftshauses zu verschwinden. Allzuviel Zeit, ihre heruntergekommene Erscheinug aufzumöbeln, hatte sie sich nicht genommen. Sie war so schnell in ihr Auto gestiegen, daß sie noch nicht einmal ein Ziel hatte.
Sie fuhr einfach los. Raus aus der Stadt.
Darum war sie sehr erstaunt, als sie vor ihrem Haus stand. Seit Immobilien-Mayer&Meier ihr Haus vermietet hatten, war sie nicht hier gewesen. Einen Hausschlüssel und ihr ganz persönliches Zimmer hatte sie behalten. Das stand ihr jederzeit zur Verfügung. Selbstverständlich.
Sie stellte den Motor ab und zog den Schlüssel ab. Unbeweglich saß sie da und betrachtete ihr Haus. Hier hatte das Glück gewohnt.
Hier waren sie glücklich gewesen.
Jedenfalls so lange, bis er ihr gesagt hatte...

Sie hatte es nicht begriffen, immer noch nicht begriffen.
Es hatte auch nichts genützt, daß sie abgehauen war.
Es hatte nichts genützt. Nein.
Sie saß genauso da, wie an jenem Tag, als er gegangen war.
Sie heulte.
Tante Marta sagte immer: „Heul' doch! - Mit dem Heulen kriegst du eine Menge weg. Das ist gesund."
Vielleicht müßte sie einfach mehr heulen? Aber dies war nicht der rechte Ort zum Heulen. Hier nicht!
Schluß!
Das fehlte noch !
Sie würde mit den Leuten reden.
Sie würde ihnen klarmachen, daß sie aufhören könnten, sie mit Fragen zu bedrängen, ob sie das Haus nicht verkaufen wollte.
Schluß! Schluß! Schluß!
Was dachten die sich eigentlich!
Nun hatte sie jemanden gefunden, auf den sie wütend sein konnte.
Wut war immerhin besser als Kummer.
Also stieg sie mit dieser schützenden Wut aus dem Auto.
Mit vollem Schritt voraus!
Aber irgend etwas hatte ihre Füße auf dem Bürgersteig festgeklebt.

Sie war fest. Sie konnte weder ins Haus, noch ins Auto.
Sie war fest.
Auf den Marmorbruchstücken des Weges, den sie durch das Gärtchen gelegt hatten, kam ihr Ehemann geradewegs auf sie zu.
„Marthe! Endlich!" Er umarmte sie.
Sie aber konnte sich nicht rühren.
„Marthe! Was ist los?"
'Was los ist?!´ blaffte ihre Wut. 'Was los ist! Der muß ja wohl aus einer anderen Welt kommen!' Läßt sie sitzen, haut ab, kriegt ein Kind, lebt glücklich weiter, stößt sie in die Sklavenhalterhände von Mayer und Meier und fragt: „Was ist los?“
Der spinnt wohl!
Sollte sie etwa hier zusammenbrechen?
So weit kommt's noch! Nicht mit ihr!
„Hallo, M M ! - Was machts du denn hier?"
„Ich hab´ mit den Leuten hier geredet."
„Du? Ich dachte, das Haus gehört mir."
„Ja natürlich. Aber irgend so ein Immobilienhai schreibt mir, daß du nichts ohne meine Zustimmung... Die Leute hier möchten es kaufen. Aber du möchtest es nicht ohne meine Zustimmung..."
„Was für ein Immobilienhai?"
„Komm! Steig ein! Wir gehen was essen. Laß mich fahren. Mein Wagen steht auf dem Markt. Ich bin zu Fuß den Weg gegangen."
Sie hätte den Brief gar nicht zu lesen brauchen.

Sie erkannte den Kopfbogen sofort. Mayer und Meier. Sieh mal an! Auf jeden Fall hatte Marthe diesen Vorgang nicht bearbeitet. Vielleicht Frau Mayer zu Hause. Schön hinter ihrem Rücken. Aasgeier!
Natürlich hatten sie gefragt, ob Marthe verkaufen wolle. Sie hatte sich immer gerettet: Sie lebe noch im Trennungsjahr.
So also läuft das!
„Marthe, möchtest du es verkaufen?"
„Ich habe immer nur gesagt, so lange das Trennungsjahr läuft, ist da nichts zu entscheiden."
„Das ist vernünftig. - Aber möchtest du es los sein?"
Marthe sah zu seiner Seite und stöhnte auf: Gebückt und verwachsen, eingeklemmt zwischen Sitzpolster und Steuer, reckte er sich in die Höhe, um nicht zu klein vor ihr zu erscheinen. Obwohl Marthe dieser Anblick ans Herz griff, keimte da so etwas wie Schadenfreude. Das machte stark. Noch ein Weilchen geradeaus sehen, dann würde sie sich wieder im Griff haben.
„Marthe! Mein Mädchen, was ist los mit dir? Willst du das Haus verkaufen? Und warum in aller Welt können wir nicht miteinander telefonieren oder reden?"
Sie blickte immer noch geradeaus.
„Du meine Güte! Wir haben uns getrennt, aber reden können wir doch miteinander...
Wir sind doch erwachsene Menschen!"

„Wozu?"

„Marthe! Ich möchte wissen, wie es dir geht. Ich bin unruhig, wenn ich nicht weiß, wie es um dich steht. Du hast sogar die Polizei bemogelt. Du hast dich zu deiner Mutter abgemeldet. Ich will dir doch helfen."

„Wobei willst du mir helfen?"

„Bei allem. Verdammt nochmal, Marthe! Du vermietest das Haus. Für wielange hast du es vermietet? Hoffentlich hast du dich da nicht in die Nesseln gesetzt. Du kündigst deine Arbeit! Die Bank ist ein krisensicherer Job! Ich hab' dich gesucht. Lissi hält den Mund. Deine Mutter zerfleischt mich durchs Telefon. Tante Marta schmollt. - Um Tante Martas Grundstück wird auch gefeilscht. Sie soll bloß aufpassen. - Marthe, ich habe genug Sorgen auf dem Buckel."

Wie wahr! Wie wörtlich wahr!

Jetzt konnte sie ihm ihr Gesicht voll zuwenden.

Und lächeln!

Er hatte einen Buckel!

Und der war voller Sorgen! Hach! Das war nur gerecht!

Er hatte das Auto aus der Stadt hinaus gelenkt. An der Ziegelei hielt er. Eigentlich war es gar keine Ziegelei mehr. Sie war längst zerfallen und fast zugewachsen. Ausgerechnet hierher mußte er mit ihr fahren! Was dachte er sich dabei? Hier war es passiert, das berühmte erste Mal!

Es war Sommer gewesen. Und dunkel. Kein Mensch kann im Dunkeln Brennesseln sehen. Und mitten in die Brennesseln hatte er sie hineingelegt. Schön, er hatte seine Jacke unter sie gebreitet, aber die war viel zu kurz ausgefallen. Wegen dieser Scheißbrennesseln konnte sie sich nicht an ihr erstes Mal erinnern. Sie hatte nur Brennesseln in ihrer Erinnerung. Ihr Jammern hatte er völlig falsch gedeutet.
Verdammter Mist! Was will er ausgerechnet hier?
„Komm, Marthe, wir gehen ein Stück spazieren."
„Wieso müssen wir ausgerechnet hierher fahren?"
„Wir sind nun mal hier gelandet. Ich hab's mir nicht überlegt. Und das spielt doch auch gar keine Rolle."
Nicht einmal erinnern konnte er sich daran! So sind Männer. Zur Hölle mit ihnen!
„Marthe... Marthe, ich... Ich kann dich auch nicht so einfach vergessen. - Müssen wir das denn unbedingt? Können wir nicht..."
Wenn er jetzt sagt „gute Freunde bleiben", werd' ich verrückt', dachte Marthe.
Sie mußte nicht verrückt werden. Ihr kam eine andere Idee:
'Mein Gott, bin ich blöd! - Wieso betrüge ich meine Nachfolgerin nicht einfach?! Das ist doch nur gerecht. Das steht mir doch wohl zu. Das sollte mir doch ein Vergnügen sein.'
Sie gingen zur Kieskuhle.

Als sie klein war, hatte sie hier gebadet. Jetzt war alles zugewachsen. Das Brachland ringsherum war nur für die genügsamen Schafe gut.
„Ich habe aufgepaßt. Ich meine, bei dem Haus. Und verkaufen möchte ich es eigentlich gar nicht. Jedenfalls im Moment noch nicht."
„Das Haus ist eine gute Absicherung. Für viele Dinge. Ich bin erleichtert. Warum bist du nie ans Telefon?"
„Micha, ich mußte erst mal schlucken. Weißt du, wie mir zumute war?"
„Ja. Mir ist das auch nicht leichtgefallen. Wenigstens das mußt du mir glauben."
Das glaubte sie ihm, ja.
„Ist dir kalt, Marthe?"
„Nein."
Marthe hatte immer eine Decke im Kofferraum. Man konnte ja nie wissen... Und in seinen Kofferraum hatte Marthe auch eine Decke gelegt. Es hätte ja sein können, daß er im Stau festsäße, daß mit dem Wagen etwas wäre. Vorbeugen ist besser als Nachsehen.
Gerade in dem Augenblick, da er zum Kofferraum ging und die Decke herausnahm, schoß es ihr durch den Kopf, daß es ja gerade die Dekke gewesen sein könnte, die ihr zum Verhängnis wurde.
Ooch!
Der Höcker war gerecht! Verdammt nochmal!
Nur gerecht!

Ob er glücklich war? Irgendwie schien er bedrückt.
Kein Wunder. Bei dem Höcker!
War sein schlechtes Gewissen Marthe gegenüber seine einzige Sorge?
„Hör' auf zu grübeln! Manche Dinge werden von so etwas wie Schicksal bestimmt. Die muß man einfach hinnehmen. Schluß! Aus! - Ich bin so froh, daß ich dich endlich mal wieder in den Arm nehmen kann."
Er legte ihr die Decke über die Schulter und hielt sie fest. Marthe ließ ihre Arme hängen. Sie wußte nicht so recht, wo sie ihn anfassen sollte. Der Höcker war ihr hinderlich. Aber ihr war so wunderbar warm.
Das Letzte, was sie dachte, bevor dieser Riesenstrom von Wärme sie durchflutete, war: 'Ich sollte ihn mir zurückholen!'

A-Mayer legte ihr einen Ministrauß auf den Schreibtisch. Tausendschönchen.
„Ich habe mir Sorgen gemacht. Wie geht es ihnen?"
„Danke. Alles in Ordnung."
E-Meier begrüßte sie mit seinem jungenhaften Zwinkern:
„Es geht ihnen nicht so gut? Sind sie schwanger?"
Marthe zwinkerte zurück:
„Laut gewerkschaftlichem und grundgesetzmäßigem Recht muß ich ihnen das nicht extra sa-

gen. Aber eine richtig rücksichtsvolle Behandlung hätte natürlich ihren Reiz. Allein schon wegen der Überstunden."
Er guckte verdaddert. „Was denn nun? Fallen sie aus?"
„Keine Sorge. Meine volle Arbeitskraft bleibt ihnen erhalten. Nur die vielen Überstunden nicht."
„Ich kann mir nicht helfen, ihre Vorfahren müssen Hexen gewesen sein. Kann das sein?"
„Nein. Es waren durchweg Engel. Was ihnen da aufstößt, ist umweltbedingte Notwehr. Oder sind sie überzeugt, daß man als Engel auf dieser Welt eine Chance hat?"
„Marthe, Marthe! Ich bin besorgt. Ich wollte sie gerade chartern für das Wochenende. Wie wäre es mit einem Ausflug in die Landeshauptstadt? Wenn ich mich recht erinnere, haben sie im Projekt Bülow so gute Überzeugungsarbeit geleistet, Sie haben die gute Frau Donner überzeugt. Wir haben da eine Sache laufen..., eine große Sache. Hinderlich ist nur eine alte Dame. - Freitagnachmittag?"
„In Ordnung. Geben sie mir die Akte."
„Alles klar! Es soll ihr Schaden nicht sein. Ich meine, wenn wir das schaffen, wäre schon was drin."
Die Tausendschönchen am Morgen hatten sie bewogen, den Brief, den die Herren hinter ihrem Rücken an ihren Mann geschrieben hatten, als harmlos zu erachten.

Irgendwie war sie nach der vergangenen Nacht zufrieden mit sich und der Welt. Einen Augenblick hatte sie von der Erde abgehoben. Dieser Augenblick hatte ausgereicht, ihr bewußt zu machen, daß man mit Leichtigkeit leben konnte und nicht ständig unnötigen Ballast mit sich herumschleppen mußte.
Es war nur eine Sache der Sichtweise.
Warum sollte sie es nicht so nehmen, wie es kam. Das Leben. Das Schicksal. Sie wollte ein Stück dieser Leichtigkeit festhalten. Unbedingt!
Und ein Stückchen von dem Triumpf, ihre Nachfolgerin betrogen zu haben, wollte sie auch festhalten.
Unbedingt!
Eine kurze Zeitspanne hielt sie sogar an dem Gedanken fest, sie könnte schwanger sein. Aber diese Illusion war nach zwei Tagen zerstört. Schade. Wirklich schade.
Was hätte er dann gemacht, ihr Michael Max Müller?
Und zu welcher Größe hätte sich sein Höcker dann wohl ausgewachsen? Seltsamerweise war Micha nicht ihr Problem dabei gewesen.
Sie hatte sich schwanger gesehen.
Sie hatte sich mit dem Kind gesehen.
Das war eine so berauschende Vorstellung gewesen. Immer wieder sie und das Kind.

Auch als die Realität ihr den Traum zerstörte, hielt sie an ihm fest. Vielleicht klappte es mit einem anderen? Vielleicht.
Was, bitteschön, hinderte sie, es auszuprobieren?
Na, was?
Nichts. Rein gar nichts.
Was, kostete es sie, es auszuprobieren?
Auch nichts. Auch rein gar nichts.
Sie kannte nur Micha. Immer nur Micha.
Du meine Güte!
Sie war ein richtig zurückgebliebenes Mädchen.
Höchste Zeit, das zu ändern. Allerhöchste Zeit!
Verdammt!
Unter diesem Aspekt war das erste Opfer ihrer Betrachtung E-Meier. Das dürfte doch eigentlich nicht so schwer sein. Oder? Sie hatte schon immer den Eindruck gehabt, daß er kein Kostverächter sei.
Andererseits wußte sie auch, Hunde, die laut bellen, beißen nicht.
Ausprobieren!
Sie würde ihm ein Stückchen entgegenkommen.
Dann würde sie es schon herausfinden.
Bei diesem Gedanken lachte sie in sich hinein. Es kribbelte richtig. Wie, wenn ein Kind auf Heiligabend wartet.

Marthe merkte, daß sie richtig neugierig wurde. Neugierde ist ein guter Stimulator für das Leben. Das sagte Tante Marta immer. Und Marthe war ihre Lieblingsnichte. Marthes Vater hatte seine Schwester mit seiner Tochter trösten wollen, ihren Namen, zwar ein wenig abgeändert, aber immerhin doch ehrenvoll vererbt.
Leider hatte Marthe damit auch die Kinderlosigkeit übernommen.
Die Neugierde ergriff von Marthe vollkommen Besitz. Und wahrhaftig, mit der Neugierde war das Leben leichter.
Sie war im Vorteil.
Sie war vorbereitet.
Wer vorbereitet ist, der ist im Vorteil. Das sagte Tante Marta auch.
Sie war im Vorteil.
Sie war ruhig.
Wer ruhig ist, ist im Vorteil. Das sagte Lissi, diese Lieselotte.
Sie war im Vorteil.
Sie wollte ein Kind.
Für diesen heiligen Zweck sollte ihr jedes Mittel recht sein. Schließlich gab es weit unangenehmere Wege, eine Schwangerschaft herbeizuführen. Rein wissenschaftlich.

Da A-Mayers Frau nicht so gern allein zu Hause war, wegen des heranrückenden Termins, ging er möglichst pünktlich aus der Immobilie.

E-Meier legte Marthe zum Feierabend die Akte auf den Tisch:
„Aber erst gehen wir was essen. Das hier hat noch viel Zeit. Das sehen wir nachher durch."
Augenblicklich stand Marthe auf: „Ich habe auch richtig Hunger. Das ist mir recht.Gehn wir."
Ach, war das Leben doch einfach!
Es mußte doch etwas an der Sache sein, wenn man das Leben mit Leichtigkeit anpackte. Nicht so sorgenvoll, nicht so verkrampft, nicht so beschränkt. Wann jemals, überlegte Marthe, hatte sie irgend etwas mit so viel Neugierde erwartet.
Sie aß Eisbein mit Sauerkraut, sie trank Bier dazu. Sie nahm auch den Cognac, den er bestellte. Beim zweiten Cognac bremste sie aber:
„Ich hab' genug. Und sie sollten auch aufhören. Denken sie daran, wir müssen noch die Akte..."
„In Ordnung. - Sind sie vielleicht noch verabredet?"
„Nein. Wir wollten doch die Akte..."
„Was war denn nun wirklich passiert?"
„Das war nur der Kreislauf. Ich hatte in den letzten Wochen zu wenig Bewegung und zu wenig frische Luft. Zu wenig Freizeit. Das rächt sich."
„Ja. Wir haben auch schon überlegt, ob man nicht eine zusätzliche Kraft... Sie haben wirklich einen guten Umgang mit Kunden. Wir werden sie mehr in diese Strecke schieben. Dann müßte wieder jemand im Büro sein. - Und natürlich brauchen sie freie Zeit. Das ist schon richtig."

Das klang noch sehr nüchtern und geschäftlich.
„Naja. Mir ist das recht."
„Ich habe die Absicht, hier ein Haus zu kaufen. Der Weg ist zu zeitaufwendig."
„Das ist veständlich."
Marthe wurde unsicher. Die Angelegenheit drohte, ins rein Geschäftliche zu driften.
Warum zog er sie privat ins Vertrauen?
Hatte er - genau wie sie - eine Absicht?
Wollte er sie vor seinen Karren spannen?
„Ich habe auch schon ein Objekt. Mehr als ein Objekt ist es bis jetzt nicht. Aber man kann was daraus machen. Die Lage ist relativ gut. Ich würde es ihnen gerne zeigen. Möchten sie es sehen?"
„Natürlich."
Sie mußte aufpassen, daß sie ihr Ziel nicht aus den Augen verlor.
„Im Augenblick sieht es noch schlimm aus. Aber die Lage ist gut. So zum Wohnen. Und vor allem für die Kinder..."
Mußte er ihr jetzt ausgerechnet mit den Kindern kommen?
Wollte er ihr ein schlechtes Gewissen machen?
Sie wollte niemandem etwas wegnehmen, keinem Kind den Vater und keiner Frau den Mann. Um Gotteswillen, nein!
„Das ist doch schon mal wichtig. Na,los! Zeigen sie es mir!"
Sie fuhren in eine Wohngegend, in der Gärten und Anlagen zum Umfeld gehörten.

Der Garten war nahezu verwildert, das Haus notdürftig in Ordnung.
„Ich habe auch einen Kostenvoranschlag von ihrem Mann. - Stört sie das?"
Aha! Die Katze war aus dem Sack!
„Habe ich was damit zu tun?"
„Nein."
„Dann stört es mich nicht."
„Das wollte ich gerne wissen. Er hat nämlich ein sehr solides Vorhaben auf den Tisch gelegt. Nicht gerade billig, aber gut durchdacht. Handfest und schön. Ich bin geneigt, ihm den Vorzug zu geben."
„Dazu brauchen sie doch nicht meine Einwilligung."
„Das nicht. Aber ich wollte sie nicht schockieren. Es könnte ja doch sein, daß sie sich begegnen. Wissen sie... Es ist... Ich mag sie Marthe."
„Das ist in Ordnung."
Du lieber Himmel! Sie fühlte sich nicht wohl. Ganz zu schweigen von ihrem Vorhaben. Er war im Vorteil. Er war vorbereitet. Er war ruhig.
„Warum sind sie auseinandergegangen?"
„Wir hatten keine Kinder."
„Und haben sie alles versucht? - Ich meine, heute gibt es doch eine Menge Möglichkeiten."
„Aufgeklärt sind wir schon. Aber... Nee!"
„Und das ist ein Grund zur Scheidung?"
„Ich weiß es nicht. Vielleicht hatte er auch noch andere Gründe. Wer kriegt das schon sauber getrennt?"

„Haben sie wenigstens eine saubere Trennung hingekriegt?"
„Ich denke schon."
„Es tut mir leid. Ich meine..."
„Ach, Unsinn! Werden sie nicht mitleidig! Ich habe es überlebt."
„Kann ich irgend etwas für sie tun?"
„Naja, - ich brauchte einen Weg zur Arbeit. Möglichst zu Fuß. Ich muß mir eine andere Wohnung suchen."
„Das verstehe ich. Ich werde mich umhören."
„Danke. Ich würde auch von hier zu Fuß reinmarschieren. Ich brauche viel Auslauf."
„Wissen sie, wie weit draußen wir sind?"
„Aber ja."
„Kommt nicht in Frage! Ein Stück weiter rein setze ich sie gerne ab. Hier auf keinen Fall. - Und die Akte lassen sie auf dem Schreibtisch liegen! Nicht, daß sie noch eine Nachtschicht... Versprochen?"
„Keine Sorge. Ich lauf mich müde. Gute Nacht!"
Marthe marschierte los.
Den letzten Schimmer von Heiterkeit hatte sie beim angedeuteten Abschiedswinken verschwendet. Sie ließ die Flügel hängen. Aus einer dummen Gans konnte eben kein besonnener Schwan werden. Was hatte sie sich da bloß vorgestellt!
Es war schwer, mit Leichtigkeit zu leben.

Bis sie zu Hause war, hatte sie ihre Niedergeschlagenheit abgelaufen.
Sie brauchte unbedingt einen Weg zur Arbeit und zurück. Mehr noch: sie brauchte ein Stück Entfernung von Mayer und Meier. Hier unter diesem Dach war sie ständig verfügbar.

Das Strohfeuer ihrer Verführungsabsichten war rasch erloschen. Es würde doch anstrengender sein als angenommen. Der Spaß war verrauscht. Verrauscht waren auch ihre uneingeschränkte Freude an ihrem Vorzimmer und ihr Arbeitsenthusiasmus. Die Tatsache, daß sie ein Treppchen höherklettern sollte, konnte daran nichts ändern.
Irgendetwas war anders geworden. Was?
Ihr war bewußt geworden, daß sie in ihrer Arbeitswut ausgenutzt wurde.
Bodenlos. Schamlos. Skrupellos.
Endlich war es ihr bewußt geworden!
Na gut - das zu ändern hatte sie begonnen.
Sie hatte erkannt, daß sie an ihr Haus wollten. Hinter ihrem Rücken. Das war ein Vertrauensbruch. Die Unterschrift auf dem Brief hatte A-Mayer geleistet.
Na gut, da war ein Riegel vor.
Oder nicht?
Mußte sie auf der Hut sein?
Auch bei Micha?
Von wegen „irgend so ein Immobilienhai..." Die

baufällige Villa wird er neu gestalten. E-Meiers Villa.
Steckten sie alle unter einer Decke?
Oder war Micha der Zusammenhang zwischen Mayer und Meier entgangen? Er hatte ja auch nicht gewußt, daß sie für die „Meierei" arbeitete. Hatte er wirklich nicht? Oder hatte er nur so getan? Oder wußte bei Meiers wieder nicht die eine Hand, was die andere tat?
Marthe wußte gar nichts mehr. Und sie hatte niemanden, mit dem sie reden konnte.
Ach, wo waren ihre fröhlichen Verführungshoffnugen, die sie über alles so schön erhaben gestimmt hatten? Der Makel hatte sie wieder eingeholt: Sie war eine sitzengelassene Gattin. Eine kinderlose Frau.
Wenn sie nicht bald ein paar Skrupel über Bord warf, würde sie als zickige Jungfer sterben.
Was in aller Welt machte sie so früh in diesem Scheißvorzimmer? - Sklavin!
Voller Wut schlug sie auf den Schreibtisch. Auf die Mappe. Auf die Mappe, die sie mit E-Meier hatte hatte durchsehen wollen - so als Vorspiel.
Auf der Mappe stand der Name der Landeshauptstadt. Darunter, in den sauberen Druckbuchstaben der Frau A-Mayer, Golfplatz.
Einmal, in ihren glücklichen Zeiten, hatte Micha ihr erzählt, daß er diesen Sport gerne betreiben würde. Ihr fielen bei diesem Wort immer nur Filme ein.

„Dann kümmere dich doch darum. Fang an!", hatte sie damals gesagt, „Wenn ich mir das so recht überlege, ist das auch der einzige Sport, der zu dir paßt."
„Marthe, solltest du mich für vornehm halten?"
„Nein. Für lauffaul. Und ungeeignet für Massensituationen, wo mehr als einer am Ball ist."
„Von wegen lauffaul und Golf!"
„Du würdest auch *das* ganz gemächlich machen."
„Na, das ist ja wohl nicht der Sinn sportlicher Betätigung."
„Natürlich nicht. Man sieht sich und wird gesehen. Sport hat mit Sport fast nichts mehr zu tun. Er ist zum Geschäft verkommen. Oder zur Visitenkarte. Die einzigen, die Sport betreiben, sind die Jungs auf den Bolzplätzen. Und ich hoffe, sie nehmen sich jeden Platz zum Bolzen, wenn die Stadt ihnen keinen übrig läßt."
„Marthe! Du solltest dich zur Wahl aufstellen lassen!"

Sie schlug die Mappe auf und blätterte darin.
Lange dauerte es nicht, da steigerte sich ihr Herzschlag:
Sie kannte die Gegend. Und die alte Dame, die sie überzeugen sollte, war Tante Marta!
Kein Zweifel!
Sie wollten Tante Martas Kleinod. Für einen Golfplatz. Da störte Tante Martas Gehöft. Die alte Dame war hartnäckig abgeneigt. Nachkom-

men gab es nicht, nicht direkt, die Witwe war kinderlos.
Marthe wurde heiß.
Ooch!
Sie brauchte frische Luft.
Raus hier!
Sie schlug die Akte zu und ging nach oben in ihre Wohnung. Auf keinen Fall wollte sie einem Maier begegnen.
Sie schnappte eine Jacke und ging die Treppe hinunter, bis an die Haustür.
A-Mayer machte die Tür von außen auf.
Die Verlegenheit mußte ihr anzusehen sein.
„Brauchen Sie mich gleich? - Ich möchte nur einmal um's Karree gehen."
Er sah sie besorgt an.
„Selbstverständlich. Gehen Sie nur!"
Ihre Hände in den Jackentaschen konnte sie nicht stilll halten. Die Finger trommelten einen Rhythmus gegen den Bauch: Lum-pen-ge-sin-del. Hinterhältige Schweinebande! So-zi-a-le Markt-wirt-schaft. Scheißkapitalismus! Geld! Geld! Geld!
Mensch, Marthe! Reiß dich zusammen!
Wer ruhig ist, ist im Vorteil!
Tante Marta anrufen. Besser von der Telefonzelle aus.
Micha einschalten? Micha einschalten. Micha anrufen. Auch von der Telefonzelle.
Keine Rücksicht mehr nehmen auf Mayer und

Meier. Wo kommen wir da hin! Ich laß' mich doch nicht auffressen! Lieber fresse ich die auf! Nehmen die Rücksicht auf mich? Nimmt überhaupt jemand Rücksicht auf mich?
Pppppphhhhh!
Lächeln, Marthe!
So ist es gut.
Mit einem Blick auf ihre Armbanduhr stand sie pünktlich auf die Minute genau vor ihrem Schreibtisch.
Marthe lächelte.
Sie war gewillt, sich zu ändern. Wieder mal.
Ein Schwan - wollte sie nicht mehr werden.
Nein, nicht treu und schön. Wenn sie schon bei den Immobilienhaien war, dann wurde sie besser auch gleich zum Hai.
Ja, Hai!
Wie war das doch gleich?
Unterschreibe nichts!
Keine Zeugen!
Notfalls ahnungslos stellen!
Es gab keine volle Wahrheit. Und eine Unwahrheit war noch lange keine Lüge.
„Hatten Sie schon mal in die Golfpläne gesehen?"
„Nein. Ist es sehr eilig?"
„Ich brauche Ihre Hilfe. Ihren Charme, besser gesagt. Ihre Überzeugungskunst. Eine hartnäckige alte Dame, Witwe, kinderlos. Sie will nicht verkaufen. Wir haben verlockende Angebote gemacht. Sie bleibt hartnäckig."

„Was springt dabei heraus? - Ich meine - für uns?" Das fragte sie zum ersten Mal. Sie war selber erstaunt, wie glatt sich die Worte formen ließen.
„Ein hübscher Batzen." Er schien keinen Anstoß daran zu nehmen, daß sie einen Anteil anmeldete.
„Sie hat uns mitgeteilt, wir brauchten nicht erst hinzukommen, sie verreise."
„Verreist sie? Oder hat sie das nur mitgeteilt?"
„Marthe, Sie sind ein kluges Mädchen."
Das Blinzeln war wieder da.
Na - also.
Das Verführungsverlangen hatte wieder Besitz von ihr ergriffen.
„Vielleicht sollte man sie überrumpeln?"
„Überrumpeln? - Sie meinen, wir sollten dennoch fahren?"
Ja, das meinte sie: So eine Fahrt bis vor die Tore der Landeshauptstadt müßte doch eine Gelegenheit sein für ein Schäferstündchen...
„Naja - umsonst dahin zu fahren ist auch nicht gerade schön. -
Und anrufen? Hat sie Telefon?"
„Sie geht nicht ran. Das hab' ich schon versucht."
„Haben sie es auch mal am Abend versucht?"
„Habe ich. - Marthe, wir müssen verwandte Seelen sein."
„Dann werden wir uns nach diesem Leben wiederfinden."
„Und solange müssen wir warten?"

„Um die Sache zu verkürzen, könnten wir uns ja gegenseitig abmurksen."
„Sagen sie mir, welche Art ihnen die liebste wäre?"
„Ich möchte in Rosenblütenblättern untergehen. - Aber das sage ich ihnen: Mogeln sie ja keine Brennnesseln dazwischen! Das würde ich sofort merken."
Marthe war sicher, er überlegte jetzt, ob sie ein Hund war, der nur bellte oder einer, der... biß. Schade, daß sie beide Haie waren. Er war so ein netter Junge. Und er hatte keinen Höcker auf dem Rücken. Er war gut gewachsen. Überall hätte man ihn anfassen können. - Ob er ahnte, daß sie hinterrücks begann, ihn auszuziehen?
Der Augenblick des Schweigens wurde von A-Mayer beendet, der zur Tür hereinkam. Der mußte gespürt haben, daß irgend etwas anders war. Verunsichert sah er von einem zum anderen.
Da konnte Marthe aber schon wieder lächeln.
In der Mittagspause rief Marthe von der Telefonzelle Tante Marte an.
Sie nahm nicht ab.
Marthe wählte gleich Michas Nummer.
Der freute sich.
„Marthe! Wo bist du? Bist du in der Nähe? Können wir uns sehen?"
„Micha! Ich will nicht mit dir plaudern. Ich krieg' Tante Marta nicht ans Telefon. Die Haie sind hinter ihrem Grundstück her. - Du mußt..."

„Das wissen wir, Marthe. - Tante Marta ist zu deiner Mutter gefahren."
„Was hast du damit zu tun?"
„Ich helf' ihr bloß ein bißchen. Ich sag' ihr nur immer, um wieviel die einzelnen Angebote sie prellen. - Den Golfplatz werden sie bauen. Der berührt ihr Grundstück nicht direkt. Aber, ...sie hätten natürlich 'ne andere Verwendung..."
„Paß gut auf, Micha! Ich meine, auf Tante Marta und so..."
„Das mach' ich doch.- Marthe, wo bist du? Kann ich dich sehen?"
„Im Augenblick nicht. Ich bin ein Ende weg. Ich melde mich wieder."
„Vergiß es nicht!"
„Bestimmt nicht."
Erleichtert hängte sie den Hörer ein.

Um 13.02 Uhr führte Marthe das Ehepaar Vanderloh zu A-Mayers olivgrüner Polstergarnitur.
„Kaffee? Cognac?"
„Nein. Danke. Meine Frau..."
Sie hatte es übersehen: Auf seinem Rücken thronte die Überhöhung.
Marthe lächelte die Frau an. Eigentlich war sie nicht mehr jung genug, ein Kind zu bekommen.
„Setzen sie sich hierüber. Ich öffne das Fenster ein wenig. Möchten sie eine Orange? Oder lieber ein Glas Wasser?"

Sie schüttelte dankbar den gutfrisierten Kopf und zog Marthe ins Vertrauen: „Ich hatte gedacht, nur die ersten drei Monate wären so furchtbar..."
„Sie müssen immer ein trockenes Brötchen in der Tasche haben."
Das wußte Marthe von Lissi.
„Ich dachte... eine Scheibe Zitrone..."
„Ich bin gleich zurück", sagte Marthe zu A-Mayer und rannte an ihren Schreibtisch. Mit einem trockenen Brötchen auf ihrer Untertasse kam sie zurück: „Bitte. Brechen sie es einfach durch und essen sie ein paar Krümel. Garantieren kann ich nicht, aber schaden kann es ganz bestimmt nicht."
„Danke. Wissen sie, ...wir bekommen das Kind nach 23 Jahren Wartezeit... Wir hatten es schon aufgegeben. Aber ...nun nehmen wir es doch als eine Art Schicksal."
Sie kaute wirklich nur ein paar Krümelchen.
Marthe notierte ihr Wünsche und lächelte die Frau ermunternd an.
Voll dankbarer Sympathie für Marthe verabschiedeten die Vanderlohs sich.
A-Mayer wunderte sich nicht, daß Marthe ein Brötchen parat hatte. Wer morgens ums Karree mußte und zeitweilig Schwächeanfälle bekam, ...
A-Mayer wußte bescheid.
Er müßte bescheid wissen.
Das würde Marthe vor zu vielen Überstunden schützen.

In der nächsten Woche überschlugen sich die Ereignisse.
Marthe hatte ein Grundstück ausgekundschaftet, das für die Vanderlohs geeignet sein müßte. Eigentlich war es ihr mehr in den Schoß gefallen - in Form eines Kätzchens, daß ihr von einem Mauervorsprung vor die Füße sprang. Sie bückte sich, streichelte das Tier und sprach mit ihm. Sie war auf einem ihrer Spaziergänge, die sie sich selber verordnet hatte.
Da stand auch schon die alte Frau am Gartentor - auf der Suche nach ihrer Katze.
Unabhängig davon riefen die Vanderlohs an, um sich bei Marthe zu bedanken: der Frau Vanderloh ging es endlich wieder gut. Dank Marthes Ratschlag. Es würde ihnen eine Freude sein, sie am Wochenende zum Mittagessen einzuladen. Mit Gatten selbstverständlich. Ob ihr das Stammlokal der Vanderlohs recht wäre? Marthe war untertan genug, feinfühlig genug und geschäftstüchtig genug, das ausgekundschaftete Objekt nicht zu erwähnen. Schließlich schätzten die Meiers sie nicht nur wegen ihrer Tüchtigkeit und ihrer Verschwiegenheit, sondern auch wegen ihrer ... Abhängigkeit. Eigenmächtigkeit hätten sie übel genommen.
Und während A-Mayer pünktlich nach Hause eilte, um in der Nähe seiner Frau zu sein, fuhr E-Meier nach Dienstschluß mit Marthe die neue Wohnung besichtigen. Wie er das bewerkstelligt

hatte, wollte sie gar nicht wissen. Es war eine genossenschaftliche Wohnung, die in einem der ersten Neubauviertel lag. Damals waren die Häuser noch nicht so hoch, die Abstände zwischen den Bauten noch nicht so schmal, so daß man keine Platzangst bekam. Bäume und Sträucher hatten genug Platz und Zeit gehabt. Vom Balkon sah man ins Grüne.

Marthe war zufrieden.

Zwei Zimmer, Küche, Bad und der schöne Balkon.

Eigenes Telefon.

Alles schön saniert und renoviert.

Endlich hatte sie wieder ein Zuhause.

Unter dem Dach der Immobilie war sie immer im Dienst.

Auf abkürzenden Schleichwegen konnte sie auch diesen Weg zu Fuß schaffen. Welch ein Glück!

Den Vanderlohs gefiel das Grundstück, das Marthe so ganz zufällig gefunden hatte. Ungewohnt reibungslos wickelten sich die Formalitäten ab. Für Marthe fielen zwei Umschläge dabei ab: einer von den Vanderlohs und einer von A-Mayer.
Sie wußte aber auch, was für A-Mayer dabei abfiel.
So ließ sich leben.
Was um alles in der Welt war dabei so schwierig gewesen?
Was?
Das Geschäft hätte sie allein machen können. Ohne Anstrengung.
Welche Voraussetzungen waren nötig, um sich offiziell und vollkommen selbständig unter die Immobilienhaie zu mischen?
Marthe nahm sich vor, diesen Gedanken weiter zu verfolgen.
Sie spürte, der Hai hatte wirklich Besitz von ihr ergriffen.
Wenn sie dann noch mit Micha zusammen ... arbeiten könnte ...
Das hatte nun wirklich doppelten Reiz.
Wahrhaftig!
Und das, obwohl ihr Vorhaben mit E-Meier ständig vielfältiger wurde. Auch schwieriger. E-Meier

brauchte Zeit für sein Haus. Er mußte sich um Pläne und Kostenvoranschläge und Firmen kümmern, die seine Zeit beanspruchten. Nicht nur seine Freizeit. Darum geriet er mit A-Mayer in Zwietracht. Und nicht nur darum. Das spürte Marthe auch.
E-Meier gab Marthe eine Schachtel Zigaretten: „Marthe, verstecken Sie mir die für den Notfall. Ich denke, ich fange wieder an. Das ist entsetzlich, ich weiß, aber ... also ... für den Notfall."
Marthe versteckte die Schachtel gut und legte einen Apfel auf E-Meiers Schreibtisch. Mit einem Lächeln. Das beruhigte ihn nicht. Im Gegenteil, das schien ihm ein neues Problem zu bereiten, das ihn zu einem Seufzer veranlaßte: „Ach, Marthe, Marthe! Wenn ich sie nicht hätte!"

A-Mayer brauchte seine Zeit für seine Frau. Je näher der Termin der Entbindung heranrückte, desto öfter wurde er nach Hause gerufen. Nicht nur nach Dienstschluß. Und Immobilienhaie haben überhaupt nie Dienstschluß. Die brauchen einen freien Rücken. A-Mayer litt unter dieser Zwangsalarmbereitschaft. Das spürte Marthe auch.
„Es geht vorbei!", tröstete Marthe ihn nach einem Anruf von seiner Frau und legte auch ihm einen Apfel auf den Schreibtisch. Er griff nach dem Apfel und hielt ihre Hand fest.
Das überraschte sie.

Da saß er nun unter der Riesenlast, die ihn niederdrückte und seine Maske aus Korrektheit und Anzugwürde für einen Moment aufriß. Marthes Überraschung war in die Überlegung, „Es könnte ja auch A-Mayer sein.", übergegangen.
Ja, natürlich!
Wie er das wohl anstellen würde - mit dem Hökker...?
Sie müßte darauf achten, daß sie ihn nicht gerade an den Schultern berührte, nicht über den Rücken strich.
Ohne ihre Hand loszulassen war er aufgestanden. Marthe ließ ihm ihre Hand.
Obwohl sie sich wunderte, wie so unverhofft die Gelegenheit sich bot, obwohl sie sich wunderte, daß sie nie auf die Idee gekommen war, daß es ja auch A-Mayer hätte sein können, keimte da eine gehörige Portion Neugierde. Sie war so von dieser Neugierde eingenommen, daß ihr schien, als stände sie neben sich, und beobachtete A-Mayers Hände.
Die umfaßten nun ihren Kopf, glitten über Hals und Schultern zu ihren Brüsten und weiter hinab und lösten die Signalwirkung aus.
War der Seufzer aus ihrer Kehle gekommen?
Sie hatte sich doch vorgenommen, hellwach zu bleiben.
Um ja nicht an den Buckel zu stoßen, der das Höchstmaß erreicht haben mußte.

Aber dann schwanden ihr die Sinne.
Als Marthe auf die Erde zurückkehrte, war sie voller Zufriedenheit und voller Staunen. Es hatte für sie so einiges zu entdecken gegeben, von dem sie bisher nichts ahnte. Wahrlich, es war ein Mangel gewesen, nur Micha zu kennen. Sie war ein Stück aufgeklärter, und sie war zufrieden damit. Sie empfand keine Reue. Sie hatte nicht das Gefühl, etwas getan zu haben, was sie nicht hätte tun dürfen. Sie saß da in vollkommener Harmonie, ruhig, entspannt, entrückt.
So saß sie immer noch, als A-Mayer sich in seine Anzugvollkommenheit zurückgebracht hatte. Er streckte ihr die Hand entgegen: „Komm, Marthe!"
„Wir sollten wenigstens daran denken, die Tür abzuschließen", sagte sie beim Aufstehen.
Ein Stück von der Anfangsdreieinigkeit kehrte in die Immobilie zurück: Mit E-Meier konnte sie wieder zwinkernd plaudern - ohne an ein Konzept zur Verführung zu denken. Mit A-Mayer sprach sie in vornehmer Zurückhaltung - nun aber immer mit einem hintergründigen Lächeln. Daran, daß E-Meier zwischendurch nach seinen Handwerkern sah, waren sie gewöhnt. Und Marthe vergaß nie, die Tür abzuschließen. Sie fanden immer ihre Wolke, in die sie beide vollkommen eintauchen konten. Marthe war erstaunt über so viel Einfallsreichtum und über so viel Zärtlichkeit. Sie genoß es. Nur, wenn sie ge-

legentlich an seinen Buckel stieß, dachte sie an Micha.
Diese Höckergeschichte machte ihr zu schaffen.
Zuweilen kamen ihr ganze Heerscharen von buckligen Gestalten entgegen. Sie schrien und stürmten auf sie ein. Lauter verunstaltete und verzerrte Figuren, die ihr die Freude am Schlendern und Schauen raubten.
Marthe wartete auf A-Mayers Erlösung.
Als die kleine Anne dann geboren war, A-Mayer in voller Höhe aufrecht und schön, erlöst und glücklich vor ihr stand, wußte Marthe schon, daß das nicht lange so bleiben würde.

Jeden Morgen, wenn Marthe erwachte, lag sie still und erwartungsvoll da. Sie wartete auf die Übelkeit. Aber ihr wurde nicht übel. Sie lauschte in sich hinein. In keinerlei Hinsicht war eine Regung, eine Empfindung zu spüren. Sollte sie sich geirrt haben?
Sie hatte sich so vollkommen bedenkenlos in diese Berührung mit A-Mayer fallen lassen. Es war ein Gemisch aus Neugierde und Körperlichkeit gewesen. Keinen Augenblick hätte sie sagen können: „Ich liebe dich" - auch nicht auf ihrer beider Wolke. Sie liebte ihn nicht. Aber sie genoß seine Berührung. Mehrmals dachte sie auf der Wolke : 'Jetzt hat es geklappt.' Soviel körperliche Seligkeit konnte nur durch den heiligen Zweck hervorgerufen werden. Sie waren eine vollkommene Einheit. Unglaublich!
Marthe betrachtete sich. Ihr fiel nichts auf.
Sie stellte sich unbekleidet vor den Spiegel: Nichts.
War sie vielleicht von einer fixen Idee besessen? Hatte ihr Körper ihr einfach den Gefallen getan, sich ihren Gedanken angepaßt? Ließ er ihr die Freude eine Weile?
Die Idee, sie sei unvollkommen, marterte sie.
Diese quälenden Gedanken kannte sie gut aus

den Jahren mit Micha. Bis sie es langsam aufgegeben hatte...
Wollte sie unbedingt Mutter werden, weil Micha Vater wurde? Um etwas zu beweisen?
Wem?
Sie schürte die hoffnungsvollen Momente.
Sie schloß die Augen und streichelte ihren Leib. Die Vorstellung, sie könnte ein Kind bekommen, war so verlockend, so beglückend.

Einen Arztbesuch, der ihr Gewißheit gebracht hätte, schob sie lange hinaus. Sie hatte Angst vor der Zerstörung ihres Traumes. Zwischen Hoffnung und Verzweiflung hatte dieser Schwebezustand der Ungewißheit an ihrem Wohlbefinden genagt. Als ihr die Ungewißheit unerträglich geworden war, hatte sie sich endlich einen Arzttermin besorgt und war klopfenden Herzens auf den Untersuchungsstuhl gekrabbelt.
Als die Ärztin dann sagte: „Positiv. Sie sind schwanger", hatte sie gerufen: „Kontrollieren sie noch mal! - Nicht, daß sie sich irren!"
Leichtfüßig war sie nach Hause geschwebt.
Sie konnte die ganze Erde tragen.
Was für ein Glück!
Und nun lag sie da und wartete, auf die Übelkeit. Bei allem, was sie tat, fragte sie sich, ob es dem Kind guttun würde. Sie achtete auf genug Bewegung und frische Luft. Sie achtete auf eine gesunde Nahrung. Am liebsten hätte sie schon

Umstandskleider angezogen. Nur bestand dazu noch keine Notwendigkeit. Sie las alles über Schwangerschaften und Geburt und Babys. Sie durchstöberte immer wieder die Abteilungen für Babysachen und kaufte schon für das Kind ein.

Anfangs kaufte sie neutrale Sachen. Als sie dann erfuhr, sie würde einen Sohn bekommen, ließ sie sich auf eine Farbe ein. Lange behielt sie ihr Geheimnis für sich. Aus irgendeinem unbestimmten Gefühl heraus beschlich sie manchmal die Angst, es könnte ein Irrtum sein. Auch die Angst, dem Kind könnte irgendetwas passieren, war in ihr.

Seit sie A-Mayers Tochter bewundert und seiner Frau gratuliert hatte, stellte sich so etwas wie ein schlechtes Gewissen bei ihr ein. Außerdem war sie vollkommen ausgefüllt mit der Freude und der Sorge um ihr Kind. Dabei hatte A-Mayer keinen Platz. Sie wollte nichts von ihm. Jedenfalls nicht mehr, als sie bekommen hatte. Und noch weniger wollte sie die Familie verunsichern. Das nun überhaupt nicht.
So trat sie den Rückzug an. Das war schwieriger als vermutet.
Die beiderseitige Genußfähigkeit erwies sich als eine Art Kette. Sie wurde rückfällig und rückfällig. „Ich muß hier weg!" Das war ihr Gedanke. Wieder einmal.

Abhauen... Sollte das ihre Art sein? Einfach abhauen?
Sie fuhr zu Lissi.
Lissi war die erste, der sie ihr Glück mitteilte.
„Marthe! Das ist unglaublich! Wunderbar! - Da siehste, wozu es gut war, daß dein Micha fremdging! - Wenn es bei dir geklappt hat, so einfach und schnell, dann... muß es doch wohl an ihm gelegen haben... Da frage ich mich, ... ob der nicht auf ein Kuckucksei gestoßen ist..."
„Das will ich ihm nicht wünschen. Nein, Lissi. Das nicht."
„Na, gut. Und nun? Wie soll es weitergehen?"
„Wieso? Ich bekomme mein Kind. - Und damit bin ich ausgesöhnt mit der ganzen Welt. Ich bin rundherum zufrieden. Wirklich."
„Bist du sicher?"
„Ja natürlich! - Micha hat sein Kind. A-Mayer hat sein Kind. Und ich habe mein Kind. - Hätte es nicht geklappt, wäre es ungerecht gewesen. So aber... ist es doch wunderbar gerecht."
„Und wer wird für das Kind sorgen?"
„Lissi! Was für eine Frage! Ich!"
„Hm. Ganz alleine?"
„Natürlich ganz alleine. Lissi! Red' mir nichts ein! Natürlich schaff' ich das allein."
„Hm. Ja, sicher. Mit einer Menge Einschränkungen, mit einer Menge Verzicht, mit einem riesen Berg Schwierigkeiten."
„Du meine Güte! Das schaffen hunderttausend

andere Frauen auch. Wieso sollte ich das nicht packen."
„Doch. Doch, doch, du schaffst das, Marthe. Das mein' ich nicht. Ich meine nur, ...du solltest nicht so stolz sein und dir... helfen lassen. Ich meine, du solltest dir das überlegen. Und rechnen. Was sagt er denn, der Herr A-Mayer?"
„Der ahnt doch gar nichts von seinem Unglück. Ich habe ihn doch überfahren."
„Der arme Kerl. Gelitten wird er doch nicht haben? Oder? Am Ende hast du ihn vergewaltigt?
„Ach, komm', Lissi! Er ist unwichtig dabei."
„In Ordnung. *Du* brauchst ihn nicht. Na schön. - Aber... Marthe... du betrügst deinen Sohn. Und das nehme ich dir übel. Und das Kind vielleicht auch. - Du kriegst dich so hingestolpert, ...notfalls mit Sozialhilfe. Er wird sicher nicht leiden, da bin ich sicher. Aber..., wenn er 18 ist. So nach dem Abi ...dann wäre es doch ganz schön, wenn du sagen könntest ...'Mein Junge, hier ist ein Sparbuch ... den Anteil deines Vaters habe ich für dich gespart.' Und er wird sagen: 'Mutter, du bist wundervoll.' Umgekehrt aber, Marthe, wird er sagen: 'Was? Sooo doof warst du? Mutter, du hast mich geprellt. Schlicht und einfach: betrogen.' Das sind eigentlich die beiden Möglichkeiten, die du hast. Du kannst wählen."
Marthe mußte sich eingestehen, daß sie sich um die Zukunft überhaupt keine Sorgen gemacht hatte. Die Freude um die Schwangerschaft hatte

alles andere so klein und weit entfernt erscheinen lassen. Sie war so ausgesöhnt und zufrieden gewesen. Sie war überzeugt, sie würde alles schaffen. Allein. Die ihr vom Gesetz zugesicherte Freistellung würde sie in Anspruch nehmen - und in vollen Zügen genießen. Danach würde sie arbeiten. Bei Bedarf könnte sicher Tante Marta kommen und ihr behilflich sein. Sie hatte überhaupt keine Probleme gesehen.
Immer nur Glück: das Kind - und sie. Eine vollkommene Harmonie. Nur Glück.
Wenn sie sonst von Lissi weggefahren war, hatte sie immer ein Stück klarer denken können. Diesmal blieb eine Unsicherheit in ihr.
Mit dieser Unsicherheit flüchtete sie zu Tante Marta.
Sie war wieder auf Informationsreise.
Wie damals, als sie ihre Trennung von Micha mitteilte.
„Wunderbar!", rief auch Tante Marta. „Wie geht es dir?"
„Gut. Bestens. Keine Probleme. - Alles, was ich von der Theorie der Schwangerschaft wußte, kann ich nicht bestätigen. Darum habe ich immer Zweifel..."
„Na, warst du denn nicht beim Arzt?"
„Natürlich war ich beim Arzt."
„Na, dann hör auf zu zweifeln. - Du freust dich doch? Marthe! Du kriegst es doch wohl nicht mit der Angst zu tun?"

„Nein, Tante Marta. Ich bin glücklich. Es wird ein Junge. Ich kann an gar nichts anderes mehr denken."
„Wunderbar! Genieß es!"
Und sie genoß es.

Die Leichtigkeit stellte sich wieder ein. Sie schwebte über die Erde.
„Mach' dir bloß keine Sorgen! Notfalls ziehst du zu mir. Du meine Güte! Du wirst dir doch keine Zukunftssorgen machen?! - Das ist überhaupt keine schlechte Idee. Du ziehst zu mir. Du ziehst zu mir, Marthe! He? So ein Großmutterdasein würde der krönende Abschluß meines Lebens sein! Marthe, Kind! Das gefällt mir."
„Ich muß auch an später denken... ", warf Marthe eingedenk Lissis Mahnung ein.
„Natürlich, natürlich, du deutsches Kind. Unsere gepriesene Gründlichkeit. Wir sind damit beschäftigt, die Zukunft zu gestalten - und die Vergangenheit zu bewältigen. Für die Gegenwart scheinen wir keine Zeit zu haben. Es sei denn, wir zerreden sie. Naja. Was soll's?"
„Wirst du denn das Haus hier ... behalten?"
„Wieso nicht? Es ist doch meins. - Sie wollten mir an anderer Stelle ein neues hinbauen. Aber ich wollte nicht. Ich denke, sie haben es begriffen. Sie haben mich mit allerlei Eigenheiten bedacht, so in Richtung komische Alte, na, das macht mir nichts. Nun werden sie ihren Golf-

platz bauen, sozusagen um mich herum. Aber die Seite zum See bleibt uns immer offen. Dreck wird uns nicht herüberwehen, denn ihren Rasen hätscheln sie. Schlimmer wäre eine Spielhölle gewesen. Hm? - Wir werden einen schönen Spielplatz für das Kind bauen. Und ...modernisieren werden wir.- Willst du mal sehen? - Ein Stück könnten wir abtrennen. Wir könnten sozusagen begradigen. Das kratzt mich nicht. Und wir könnten einen guten Preis herausschlagen. - Übrigens, Micha sieht schlecht aus. Entweder arbeitet er zu viel oder es geht ihm nicht gut."
„Wie kommst du auf Micha?"
„Na, ich rede doch die ganze Zeit von ihm. Allein hätte ich das wohl doch nicht durchgestanden."
Tante Marta hatte wohl eine Frage erwartet. Aber Marthe stellte keine Frage. Sie hatte sich vorgestellt, daß es ihm unter der Last des Bukkels, der inzwischen seinem Höhepunkt zuwachsen mußte, auch gar nicht gut gehen konnte.
Eine Weile hatte Tante Marta abgewartet. Dann hatte sie sich dem nächsten Thema zugewendet.
„Was sagt der Vater des Kindes?"
„Das weiß ich noch nicht, was der sagen wird. Er weiß es noch nicht."
„Ich meine... ist es was Bleibendes?"
„Meinst du, es müßte einen Vater haben?"
„Nein. Es hat doch uns."
„Hast Recht."

„Aber sagen solltest du es ihm doch."
„Warum?"
„Naja... Man kann nie wissen... Entweder ...es bleibt eine schöne Erinnerung..."
„Oder?"
„Naja, ich meine, ...von seinem Verhalten könnte man schon einiges ablesen."
„Ach, Tante Marta! Das ist mir doch wurscht. Ich wußte von Anfang an, daß ich alleine bleibe."
„Ja, schon, aber... testen würde ich ihn."
„Testen! - Ich wollte testen, ob ich schwanger werde. Und ich habe *getestet*! Ich bin zufrieden. Schluß!"
Marthe hatte eigentlich nie vorgehabt, es ihm zu sagen.
Marthe hatte eigentlich gedacht, es würde sich alles von selbst... zurechtrücken.

Scheinheilig fragte sie A-Mayer, wann seine Frau wieder die Arbeit im Büro aufnehmen werde.
Frau A-Mayer genoß ihr Baby. Sie wollte nicht in das Büro zurückkehren. Außerdem war Marthe weitaus besser geeignet. In jeder Hinsicht. Sie arbeitete schneller. Ihre Ordnung war übersichtlicher. Und im Umgang mit Kunden zeigte sie mehr Gespür und Pfiffigkeit.
Ja - und dann war da noch die Wolke.
So blieb alles beim Alten
Marthe spielte auf Zeit.
Sie nahm zunächst einmal Urlaub.

Sie fuhr zu ihrer Mutter und war so für Wochen außer Reichweite. Außerdem war Weihnachten.
„Das freut mich mein Kind! Das freut mich richtig sehr! - Was er kann, kannst du schon lange! Da kriegt er ein Kind, da kriegst du ein Kind; Wieso habt ihr das nicht zusammen geschafft? Was hat sich die Natur bloß dabei gedacht! Na, wie auch immer. Nun ist es ja ausgeglichen. Mein Gott, freu ich mich!"
Sie verwöhnte Marthe und überschüttete sie mit Umstandskleidung und Geschenken für Mutter und Kind. Sie trödelten und lachten, sie planten und spannen, sie spazierten durch Wald und Winter.
Marthe fühlte sich wohl.
„Hör' mal, Kind, du solltest die Vaterschaft aber doch gesetzlich regeln lassen."
Mit diesem Rat rückte die Mutter kurz vor der Abreise heraus.
Marthe stutzte und ließ ihre Mutter fortfahren:
„Verstehst du? So ein Schreiben, in dem er die Vaterschaft anerkennt. Schon des Kindes wegen. Irgendwann wird dich dein Sohn nach seinem Vater fragen..."
„Na, dann kann ich ihm doch antworten. Ob mit oder ohne Schein."
„Man weiß nie, was kommt, Marthe. - Irgendwann könnte mit dem Kind was sein. Irgendwann könnte mit dir was sein. Marthe, ich will's nicht hoffen. Aber man weiß ja nie. Und dann

stehst du da und außerdem wärst du doch dumm. - Das Kind wird es dir danken. Auf dein Wohl kannst du verzichten, wenn du meinst, du schaffst es allein. Aber an das Wohl des Kindes solltest du schon denken. Also - laß es schriftlich fixieren."

In der Immobilie wurde Marthe hoffnungsvoll erwartet.
Marthes Übersicht war in Unordnung geraten, der Schreibtisch mit Nachholbedarf übersät.
Beide Maiers sahen erschöpft aus.
Sie bestätigten Marthe ihr blühendes Leben, wünschten ihr eilig ein gesundes neues Jahr, lächelten verlegen und überhäuften sie mit Arbeit. Marthe dachte, ein neues Jahr sei gut geeignet, ein neues Leben zu beginnen. Sie wollte den Abstand wahren, den ihr der Urlaub gebracht hatte. Um jeden Preis. Sie hatte zu beiden Maiers ihre lockere Umgangsform in das neue Jahr gerettet, so konnte sie es aushalten. Ihr ging es gut. Der Krug sollte nicht so lange zum Brunnen gehen bis er platzte. Nein, das wollte sie sich nicht antun. Das nicht!

Sie wünschte einen sauberen Schnitt. Einen Strich unter den Ausrutscher.
Das wollte nicht so recht gelingen.
Also stieß sie ihn vor den Kopf:
„Ich bin schwanger."

Manchmal hatte sie sich vorgestellt, wie er reagieren würde.
Mehrere Varianten hatte sie durchgespielt. Alles war darin enthalten gewesen, alles. Begonnen hatte sie mit: „Ich werde für das Kind sorgen." Geendet hatte sie mit dem Bestehen auf Unterbrechung.
An A-Mayers Variante hatte sie nicht gedacht:
„Das warst du doch die ganze Zeit."
Sie sahen sich abschätzend an. Jeder hatte so seine Gedanken.
Marthe fiel ein, daß sie ihn ja auf diese Fährte gelenkt hatte, einfach nur deshalb, um an Ausreden für einen pünktlichen Feierabend zu sparen.
Das war seine Garantie gewesen!
Er hatte von Anfang an geglaubt, Marthe sei sowieso schwanger.
Ooch!
Und sie hatte sich auf der Wolke eingebildet, er verzehre sich vor Sehnsucht nach ihr!
Marthe kochte.
Einen Buckel soll er kriegen! Wahrhaftig! Einen riesengroßen Buckel soll er kriegen! Und der wird nicht mehr lange auf sich warten lassen. Hach! Das war gerecht!
Was er dann wohl zu seiner Frau sagen würde? Wo sie doch gar nicht....
„Das war ich nicht", sagte sie zögerlich und beobachtete ihn, da sie gespannt war auf seine Reaktion, aus schrägen Augenwinkel.

Als würde die Nähe die Schwangerschaft erst recht heraufbeschwören, ging er einen Schritt zurück.
„Das ist doch nicht dein Ernst."
Sie registrierte die Blässe um Nasenflügel und Mundwinkel A-Mayers, griff dann aber nach ihrer Handtasche, um den Beweis, den sie Schwarz auf Weiß von der Ärztin erhalten hatte, hervorzuholen.
„Du bluffst, Marthe. Du willst sehen, wie ich reagiere."
Sie ließ den Beweis stecken.
„Ich wollte nur, daß du es weißt und daß wir die Sache beenden. Es ist ja wohl nicht nötig, daß deine Frau dahinterkommt. - Das ist doch in deinem Sinne?"
„Marthe, was hast du vor?"
„Ich will die Sache beenden. Einen sauberen Schnitt will ich."
„Du kannst mir doch kein Kind unterjubeln. Das kann doch wohl nicht deine Absicht sein."
Eigentlich hatte sie lächeln wollen.
Was auch immer er sagen würde, sie hatte lächeln wollen.
Aber sie spürte, daß ihr Lächeln sich verzerrte.
Sie rückte von ihm ab. Vor ihren Augen schrumpfte er zusammen zu einem untertänigen Buckelzwerg. Das zu sehen tat gut.
„Du warst schon schwanger. - Ich weiß nicht, was da passiert ist. Und jetzt läßt du mich ins

Messer laufen. Das ist nicht fair, Marthe! - Ich hätte doch nie..."
Marthe sah auf.
„Ich hab' gedacht, du bist schwanger."
Marthe hatte sich gefangen.
'Ja', dachte sie. 'Er hat die günstige Gelegenheit beim Schopfe gepackt.'
'Und, reg´ dich bloß nicht auf, Marthe!'
'Und?', dachte sie weiter, 'was willst du Marthe? Du hast doch auch die günstige Gelegenheit beim Schopfe gepackt!'
Na gut. Die Fronten waren geklärt. Und mehr war doch nicht.
Sie nahm ihren Mantel und ging.
Sie ließ ihn einfach stehen.
Schließlich war schon Feierabend.
Die Wolke hatte sich aufgelöst.

Auf dem Nach-Hause-Weg fror sie. Sie hatte die Büroschuhe anbehalten. Zwar hatte sie daran gedacht, die Schuhe gegen ihre Laufstiefel auszuwechseln. Aber das wäre ein zu profaner Abgang geworden. Da rannte sie doch lieber in ihren Schuhen nach Hause und fror ein bißchen.
Sie ließ sofort ein Bad einlaufen. Mit geschlossenen Augen lag sie in der Wanne und genoß die Wärme.
„Ach, Kind!", sagte sie laut, "wir beide haben es gut!"

Plötzlich ging eine Welle durch ihren Leib. Es war wie ein leichtes Stolpern.
„Kind!" sagte sie.
„Kind, es ist alles in Ordnung."
Sie vermerkte den Tag auf dem Kalender.

Marthe gehörte nicht zu den entschlußfreudigen Menschen.
Sie brauchte lange, ehe sie die Varianten ihrer Kompromisse und Mogeleien von einem zum anderen Ende geschoben hatte und endlich an einem Punkt feststand. Solche Zeiten waren immer die schlimmsten. Da fühlte sie sich unwohl und flüchtete regelrecht in die Arbeit. Die Arbeit war Selbstschutz.
Marthe gehörte auch nicht zu den selbstsicheren Menschen.
Sie brauchte immer jemanden, der ihre Entschlüsse bestätigte, der schubste und schob.
Hatte sie aber einen Entschluß gefaßt, marschierte sie auf ihr Ziel los. Die Schwierigkeiten des Weges verunsicherten sie nicht. In solchen Zeiten fühlte Marthe sich wohl.
Und jetzt fühlte Marthe sich wohl.
Zugegeben - ein eleganter Schlußstrich wäre ihr lieber gewesen.
Aber immerhin, es war ein Schlußstrich.
Sie hatte das Kind gewollt. Punkt.
Sie hatte niemandem etwas anlasten wollen. Punkt.

Es war alles in Ordnung. Punkt.
Obendrein ging es ihr körperlich so gut wie nie im Leben.

A-Mayer dagegen schlich unglücklich herum. Marthe billigte ihm das zu. Er war in keiner beneidenswerten Lage. Ihre Wut auf ihn bezog sie lediglich auf die Tatsache, daß sie für ihn eine Art Freibrief gewesen war. In Momenten, wenn sie sich daran erinnerte, kam Schadenfreude bei ihr auf. Sie registrierte sein Höckerchen, das in den Vorfrühlingssonnenstrahlen Nahrung fand. Seine Anzüge saßen natürlich nicht mehr so gut. Eine Weile gab er sich Mühe, Marthe nicht allein anzutreffen.
Das störte sie nicht. Im Gegenteil. Sie war ruhig und ausgeglichen und unbeschwert. Sie war im Vorteil.
Und sie konnte - endlich - ihre Umstandskleider tragen.
„Man könnte abergläubisch werden", meinte E-Meier, als Marthe in ihrer losen Bluse am Schreibtisch stand.
„Bisher sind alle schwanger geworden, die an diesem Schreibtisch saßen. Ich muß nun wohl aufpassen, daß mir nicht wieder eine junge Frau in die Arme fällt. - Und sie haben es eilig, hier wegzukommen? - Wie eilig? Ich meine, ein bißchen Zeit, um alles ohne Eile zu übergeben, wäre schon schön."

„Wieso? Ich habe es nicht eilig. - So gut, wie es mir geht, werde ich wohl von diesem Stuhl aufstehen und zur Entbindung gehen. Das wäre dann Ende Juni."
„Im Ernst? Ich habe gehört, so schnell wie möglich."
„Ist jemand mit meiner Arbeit unzufrieden?"
„Nein! Marthe, sie wissen doch, daß sie eine Perle sind. - Ich hätte mich auch gewundert, wenn sie vorher noch wechseln wollten. Es sei denn, sie wollten in die Nähe ihres Partners. - Also muß ich nichts überstürzen?"
„Überhaupt nicht."
„Sie werden uns fehlen, Marthe."
„Ach, sie haben gute Fangarme. Sie werden das Richtige finden. Keine Sorge. Und sie haben auch genügend Zeit."
„Dann bin ich beruhigt."
Seit das Ende seiner baulichen Tätigkeiten am neu erworbenen Grundstück abzusehen war, fühlte E-Meier sich wieder wohler und war nicht so oft abwesend.
Marthe grübelte, wie es ihr wohl mit ihm ergangen wäre... Er war so ein heiterer, netter Junge.
So kam er wenigstens ohne Schock und ohne Strafe davon.
Marthe störte es nicht, daß sie A-Mayer jeden Tag sah.
Sie litt nicht. Nicht an der Trennung. Nicht an A-Mayer. In dieser Beziehung waren Leib und Seele getrennt gewesen. Das vereinfachte alles.

Wenn die beiden Maiers einmal die Absicht gehabt hatten, Marthe dicht an die Immobilien heranzulassen, mußte irgendwann eine Überlegung stattgefunden haben, sie doch lieber auf ihren Schreibtisch zu beschränken. Vielleicht wollten sie sich doch lieber nicht in die Karten gucken lassen. Immerhin lernte Marthe schnell und hätte womöglich auch ein Geschäft hinter ihrem Rücken abgeschlossen. Vielleicht hatten sie gefunden, Marthe säße im Vorzimmer auch ganz gut und spare eine weitere Kraft ein. Vielleicht hatten sie ihr auch verübelt, daß Marthe doch Wert auf einen einigermaßen pünktlichen Feierabend legte. Ja, und überhaupt war sie nun sowieso schwanger. Da lohnte es sich überhaupt nicht.

Marthe hielt dennoch die Augen offen.

Sie registrierte Grundstücke auf ihren Fußwanderungen, die sie ohnehin machte und nun erst recht, weil sie dem Kind guttaten. Sie las den einschlägigen Immobilienteil. Sie hatte das einschlägige Vokabular zur Verfügung und kannte sich aus mit den nötigen Verhandlungsgrundlagen bei Banken und Versicherungen.

Sie war sich sicher, das alles könne sie ohne die Maiers auch bewältigen.

Die Idee, sich unter die Haie zu mischen, war zwar in den Hintergrund getreten durch die Schwangerschaft und die Freude auf das Kind, aber sie war noch nicht gestorben. Im Gegenteil, gerade als sie Verdacht schöpfte, A-Mayer würde nach einer Lösung suchen, sie möglichst weit von sich in die Wüste zu schicken, erstand sie von Neuem. Denn zweifelsohne litt er unter dieser Wendung, die ihre Beziehung genommen hatte. Er litt sehr. Das konnte sie sehen. Es war nicht nur der Buckel, der ihn niederdrückte, es war auch noch die Zukunftsangst, die ihn aus verschiedenen Aspekten heraus verunsicherte. Sein erster Lösungsversuch hatte am Tag nach der bedeutsamen Eröffnung stattgefunden. Immerhin wird ihm klargeworden sein, daß eine durch ihn verursachte Schwangerschaft durchaus im Bereich des möglichen lag.

„Marthe!", hatte er begonnen, „du mußt eine Unterbrechung vornehmen lassen!"

Marthe, die vorbereitet war, ließ ihn reden. Sie zeigte keinerlei Reaktion.

„Marthe! Ich habe schon drei Kinder und zwei Frauen. Du kannst nicht mit mir rechnen."

Sie sagte nichts. Sie zeigte noch immer keinerlei Reaktion. Sie zählte nicht auf ihn.

„Marthe! Du hast mich reingelegt. Das ist ein glattes Vergehen."

Da merkte er, daß ihr so nicht beizukommen war.

„Bitte, Marthe! - Warum muß das so enden?"

Sie wußte nicht, wie *das* sonst enden sollte. Wie wäre es geendet, wenn sie nicht gesagt hätte: „Ich bin schwanger."?
Zugegeben, er war weitaus schlechter dran als sie. Das sah sie ein. Er tat ihr auch leid. Entstellt von dieser elenden Verwachsung, verzerrt von einem Gemisch aus Verzweiflung und Wut, machte er weder bei seinen Forderungen noch bei seiner Bitte eine gute Figur. Dann wurde ihr klar, daß ihre Ruhe ihn noch mehr verunsichern mußte. Diese Ruhe erstaunte sie selber. Was für eine wunderbare Ruhe! Wahrhaftig! Wer ruhig blieb, war im Vorteil. Sie würde ihn wohl erlösen müssen. Ob er nun wütend war oder da in seinem Elend kroch, eine schöne Erinnerung war es nicht. Na gut, damit würde sie leben müssen. Und können. Stimmt`s, Kind? - Aber was wäre, wenn ich dich nicht gewollt hätte? - Ach Kind, wir haben Glück!
„Na, schön, Marthe! Ich dachte, wir hätten uns einigen können. Dann nicht. Ich werde anfechten. Mit allen Gutachten und Gerichten. Denk' drüber nach."
Wahrhaftig, von A-Mayer blieb nur der Anzug übrig.
E-Meier nahm Urlaub. Das Haus war fertig. Die Familie nahm es in Besitz. Zur Einweihungsfeier hatte er auch Marthe eingeladen, mit Partner.
„Vielen Dank", lächelte Marthe, und er lächelte zurück.

Marthe trug die Uhrzeit auf ihrem Kalender ein und stutzte: Es war genau der Tag, an dem Micha vor einem Jahr ausgezogen war. Das Trennungsjahr war also vorbei. Nun müßte ein Bescheid vom Scheidungsrichter kommen. Nun ja. Nach einem Geschenk für E-Meiers suchte sie erst gar nicht. Sie entschied sich für Geschenke an die beiden Kinder. In diesem Punkt hatte sie E-Meier ausgiebig ausfragen können.
Die Kinder honorierten das Geschenk mit ehrlicher Überraschung. Das Paar E-Meier bekam zu dem schönen kleinen Strauß aus Margeriten, Kornblumen und Mohn nach glücksbringender Sitte Brot und Salz.
Marthe war mit ihrem extrafeinen Umstandsgewand in Herbstfarben erschienen. Ihr Haar hatte sie zu einem lässigen Lockennest auf Ober- und Hinterkopf befördert.
Sie war nicht überrascht, als sie Micha sah.
Aber er.
„Marthe!" Ein wenig zu lange musterte er sie von Kopf bis Fuß und nahm ihren Umstand wahr. „Das sind nun wirklich zwei Überraschungen!" Bei der Umarmung flüsterte er ihr zu: „Ich würde so gern über deinen Bauch streicheln."
„Tritt bloß nicht ins Fettnäpfchen!" Sie hatte dabei an seine neue bessere Hälfte gedacht, die sicher mit eingeladen war - „Erscheinen mit Partner". Von der Last des Buckels war er befreit. Er

wirkte unbeschwert. Als käme er aus einem Urlaub unter südlicher Sonne zurück, so gebräunt und ausgeruht wirkte er. Ein bißchen neugierig war sie doch auf ihre Nachfolgerin. Und irgendwie gab es ihr doch einen Stich. Ja, es war schon seltsam.

'Nimm dich ja zusammen, Marthe! Krieg' bloß jetzt keinen Depressiven! Lächeln, Marthe, lächeln!'

Sie war froh, daß die Kinder sie ins Zimmer lotsten. Dort unten überfiel sie doch nur die Stimmung einer sitzengelassenen Frau. Noch schlimmer - einer sitzengelassenen schwangeren Frau. Was für ein Status!

'Kind, reg'dich bloß nicht auf! Du hast doch mich!' Dennoch kam ihr hier der quälende Gedanke, irgendwann könnte es dem Kind auch zu schaffen machen, keinen Vater zu haben.

Sie hatte wirklich nur an sich gedacht. Immer nur an sich.

Sie freute sich auf das Kind. Sie würde alles schaffen. Sie hatte nicht gelitten.

In diesem Augenblick litt sie.

Zerstreut spielte sie mit den Kindern und verlor. Zerstreut lächelte sie ihnen zu.

Was tat sie überhaupt hier?

Bloß weg!

Sie trat den Rückzug an. Sie verabschiedete sich von Frau E-Meier, die ihr über den Weg lief.

„Es tut mir leid. Aber in diesem Zustand ist das verständlich. Vielleicht besuchen sie mich ein andermal. Ich habe viel von ihnen gehört. Mein Mann mag sie sehr. Und es tut ihm auch sehr leid, daß er sie nicht mitnehmen kann."

Erst als sie ein gehöriges Stück entfernt war, stellten sich ihre Gedanken auf Frau Meiers Sätze ein.

Wohin „...nicht mitnehmen kann"?

Das Klima in der Immobilie war nicht so gut. Das hatte sie wohl registriert. Aber das hattte sie auf andere Ursachen geschoben. Schließlich war es kein Wunder, daß A-Mayer nicht gut gelaunt sein konnte.

Sie hielt an einer Telefonzelle an, rief Tante Marta an und bestellte sich bei ihr Bratkartoffeln mit Spiegelei. Sie hatte keine Lust, in ihre Wohnung zu gehen. Sie haute wieder einmal einfach ab.

'Kind, wir besuchen Tante Marta. Schließlich ist Wochenende. An Tante Marta wirst du dich gewöhnen müssen. - Dort war schon ich immer gut aufgehoben. Wir wollen bloß nicht rumzicken! Mein Gott! Die können uns doch alle mal! Wir haben es nicht nötig, durchzuhängen. Schluß! Gleich kriegen wir Bratkartoffeln.'

Dann war die Katze aus dem Sack: Mayer und Meier trennten sich.
Sie blieben zwar in derselben Stadt, aber jeder würde fortan seine eigene Immobilienmaklerei treiben. Um Marthe stritten sie nicht. Sie war ein auslaufendes Modell. Ihre Nützlichkeit würde sich von selber auflösen. Um ihre Zukunft schienen sie sich nicht zu sorgen. Die betrachteten sie durch das Baby als gelöst.
Um sich nicht laufend umstellen zu müssen zwischen E-Meier, der sie mit Freundlichkeit überschüttete und A-Mayer, der nur dienstliche Reserviertheit an den Tag legte, war sie zu beiden gleichbleibend gelassen. Das fiel ihr nicht schwer.
Die Schwangerschaft bereitete ihr keinerlei Probleme. Im Gegenteil: Es ging ihr gut wie nie zuvor. Mit ihren sorgsam ausgesuchten Umstandskleidern, den kleinen weiterhin geliebten Extras und ihren wechselnden Frisuren fand sie sich schön und bewunderte sich in jedem Schaufenster, wenn sie sich nach pünktlichem Dienstschluß zu Fuß auf den Heimweg begab.

Der Zeitpunkt der Trennung fiel mit dem Beginn ihres Schwangerschaftsurlaubs zusammen. Diesen Tag hatten beide, Mayer und Meier, festge-

legt. Niemand sollte sagen können, sie hätten Marthe auf der Strecke gelassen.
Marthe hatte sich vorgenommen, alles an sich herankommen zu lassen.
Nach der Drohung mit „Gutachten" und „Gerichten" konnte sie sich nicht mehr einfach zurückziehen. Das hätte ja ausgesehen, als hätte sie die Gutachten und Gerichte gefürchtet.
Die fürchtete sie ja wirklich nicht. Da gab es keinerlei Zweifel. Für sie. Nein, zurückziehen, still und leise, wie sie es ursprünglich vorgehabt hatte, das konnte sie nun nicht mehr.
Auf diese Weise konnte sie A-Mayer nicht mehr entlassen.
So nicht!
„Was werden sie nun tun?", fragte E-Meier, dem es leid tat, daß nie jemand Marthe abholte.
„Na", sagte Marthe, „Ich werde mir den von staatswegen mir zustehenden Erziehungsurlaub gönnen. Ich werde Wohngeld beantragen, ich werde Kindergeld beantragen, ich werde ...alles beantragen, was sich beantragen läßt. Man soll so schon ganz gut durchkommen können."
„Ja. Und wenn der Erziehungsurlaub abgelaufen ist? - Ich meine, da unsere... Gemeinschaft als solche ja nicht mehr besteht..., ist es nicht sicher, ...daß ihr Anspruch auf diesen Arbeitsplatz... ich meine, nach Ablauf des Erziehungsurlaubs..."
Aha! Marthe konnte lächeln.

„Aber gute Referenzen werden sie mir doch geben?"
„Selbstverständlich!"
Die bekam sie.

Sie hatte aus dem Büro nicht mehr mitzunehmen als sie jeden Abend mitnahm - ihre Handtasche. Sonst nichts. Keine Fotos, keine Blumentöpfe, keine Unterlagen. Nichts.
Die Abschiedsessen hatten stattgefunden.
Diesmal hatte E-Meier sie nach Hause eingeladen und A-Mayer in die Fischerklause außerhalb der Stadt.
„Ich möchte mit dir reden", hatte A-Mayer gesagt.
Vielleicht will er mich abmurksen, dachte sie mit einem Anflug von Mitleid. Ja, Mitleid. Er tat ihr leid. Schließlich hatte sie ihn reingelegt. Richtig reingelegt! Wahrhaftig.
Na und?
Nun bloß nicht noch rückfällig werden!
So ungewöhnlich war das ja nun auch nicht.
Schließlich hatte er sich die Suppe ja wohl selber eingebrockt.
Das wäre ja noch schöner!
Das war einfach nur gerecht.
Marthe bleib ruhig! Du bist im Vorteil.
Mit gesundem Appetit verspeiste sie die gebratene Maischolle.
„Ich möchte die Sache geregelt wissen", fing er sogleich an.

„Ich möchte weder ein schlechtes Gewissen noch einen Erpresserbrief im Nacken haben. Ich möchte meine Ruhe haben. Das wirst du verstehen. - Ich rechne damit, daß du einverstanden bist."
Da saß er in seinem korrekten Anzug mit passender Krawatte und teilte seinen Fleischhäppchen einen Teil Gemüse und Kartoffeln zu, bevor er alles auf die Gabel schob. Korrekt bemessen. Jede Gabelfuhre ordentlich beladen.
Vielleicht würde sie in zwanzig Jahren mit ihrem Sohn in einer Gaststätte sitzen und feststellen, daß er genauso seine Gabel belud. Sie wird ihm das rechtzeitig abgewöhnen müssen.
Vielleicht hätte sie doch E-Meier...
Sie lächelte in sich hinein: 'Ach Kind, werd bloß ein bißchen schlampig!'
Was hatte er gesagt?
Abfindung?
„Ich habe nichts zu befürchten und ich habe nichts zu verlieren. Du kannst Gutachter und Gerichte einschalten, kein Problem."
„Hör auf, Marthe! - Das will ich gar nicht. Ich möchte... im Guten mit dir auseinandergehen."
Wozu denn das nun, wunderte sich Marthe.
Und sie dachte daran, wie rein körperlich diese Beziehung gewesen war. Wie zwei Parallelen!
Sie hatte sich immer gewundert, wenn jemand urteilte: die Ehe sei „im Bett" kaputtgegangen oder umgekehrt, die Ehe würde nur noch „vom Bett" zusammengehalten.

Sie hätte nie geglaubt, daß man das trennen könne. Hatte sie sich verhört?
Er hatte eine Summe genannt, die er für das Kind festlegen wollte. Natürlich zu ihrer Verfügung.
Vielleicht hatte er ein gutes Geschäft gemacht. Vielleicht ohne Finanzamt.
Sie rechnete. Ein hübscher Batzen. Gut angelegt könnte die Summe anwachsen auf... Das wäre schon eine Absicherung für dich, Kind. Oder? Kind, reg' dich bloß nicht auf!
Mit einem Vater hatte sie ja ohnehin nicht gerechnet. Darauf könnte sie also getrost verzichten. So war es geplant. Das Geld war nicht geplant. Aber sie würde doch wohl nicht so dumm sein...
„Warum sagst du nichts, Marthe?"
„Wenn ich dich richtig verstehe, möchtest du nicht erwähnt werden. Auf der Geburtsurkunde."
„Richtig."
„Die Spalte 'Vater' auf der Geburtsurkunde kann leer bleiben. Das Geld ohne Absender geht nicht. Ein Rechtsanwalt wird sich ja finden, der unserer beider Unterschrift beglaubigt - hinter dem Rücken der Steuer."
„In mehreren kleinen Summen ist das doch kein Risiko."
„Man weiß nie, ob ich die Herkunft nicht doch mal nachweisen muß."

„Marthe, mach' die Sache doch nicht so kompliziert."
„Ach Kind", seufzte Marthe laut. „Hast du ein Glück, daß wenigstens ich dich will!"
„Mach' bloß keine Philosophie daraus. - Laß uns die Sache mit Anstand beenden. Und dann ist es gut. Ich muß den Rücken freihaben. Und jetzt erst recht. Das wenigstens wirst du doch akzeptieren können."
Sein Angebot hatte sie doch in Erstaunen versetzt. Bei genauer Betrachtung war es eigentlich die beste Lösung, die sie sich wünschen konnte. Ein warmer Regen. Einfach so. Vom Himmel. Für das Kind. Aber so richtig froh machte sie das nicht. Da war etwas von Schäbigkeit.
Beim Verlassen der Fischerklause wurde ihr die Schäbigkeit noch einmal so richtig bewußt: Da gingen sie nebeneinander, sie mit gewölbtem Leib, er mit gewölbten Rücken.
Nein, froh war sie nicht.
Sie stieg unterwegs aus. Sie wollte ein Stück laufen. Irgendwie rechnete sie damit, daß mit jedem Schritt ein bißchen von der Unzufriedenheit weichen würde. Aber es half nicht. Immer mehr „Buckelhelden" kamen ihr entgegen. Nicht nur, daß die Körper durch die Höcker entstellt waren, nein, auch die Gesichter waren verzerrt. Wutverzerrt stürmten diese Gestalten auf sie ein. Sie drückte sich an die Schaufenster und betrachtete die zur Schau gestellte Ware.

'Komm, Kind, wir werden dir was Hübsches kaufen! - Das fehlte noch, daß wir uns nervös machen lassen! Nicht von diesen Buckelhelden!'
Pah!
Wir werden ein schlechtes Gewissen kriegen! - Wo diese Helden nie eins kriegen. Nur, daß es jetzt nicht mehr heimlich geht! Das ärgert sie. Nur das! Gerecht ist der Buckel! Nur gerecht!
Obwohl ihr wachsender Leib ihr nicht die geringste Last war, wußte sie, daß der Höcker für jeden Träger große Last und noch größere Seelenqual war.
Sie jedenfalls konnte trotz ihres Umfanges und ihrer Pakete leichten Fußes die Treppe hinaufgehen.

Auf der Treppe vor ihrer Wohnungstür saß Micha.

„Wo bleibst du so lange? Ich hab' mir Sorgen gemacht."

„So?"

„Das ist ja wohl angebracht. Ich sitze hier seit fast zwei Stunden. Wo bist du so lange? - In diesem Zustand!"

„So."

„Marthe, du hast einen Hang zur Unbeschwertheit. Aber der Grat zwischen Unbeschwertheit und Leichtsinn ist auch nur schmal. Du mußt an das Kind denken."

„So, so!"

„Ach, Mensch, Marthe! Könntest du mir nicht ein bißchen helfen?"

„Was willst du eigentlich?"

Er stand zwar ein bißchen kleinlaut und verunsichert da, aber doch aufrecht, ohne Hocker.

„Ich vermute, du bist also Vater geworden. Gratuliere!"

„Marthe, du kannst nicht rechnen! Ich hätte schon längst Vater sein müssen, wenn ich denn Vater geworden wäre. - Aber... wenn es dir gut tut, dich lustig zu machen, dann tu's. Genieße deinen Triumpf!"

„Wieso? - Bist du nicht...?
„Nein. - Das hat Tante Marta dir nicht gesagt?"
„Was?"
Sie schloß endlich ihre Wohnungstür auf.
„Marthe, ich war ein Esel. - Zufrieden?"
„Du hast kein Kind?"
„Nein."
„Aber du hattest doch einen Höcker!"
„Ja, du hast recht. Ich hatte eine Macke."
„Nein, nein, ich meine das ernst!" Marthe, die sonst immer alles gleich an den richtigen Platz räumte, ließ ihre Tüten im Flur liegen. Marthes Wohnung war immer aufgeräumt. - Eben, weil sie nichts herumliegen ließ. Derjenige, der immer alles herumliegen gelassen hatte, war Micha gewesen. Zudem war die Wohnung sparsam möbliert.
„Tante Marta hat dir das nicht gesagt?"
Tante Marta! Nein, sie hatte *das* nicht gesagt. Obwohl sie sonst einiges von Micha sagte. Obwohl Marthe jedes Mal gesagt hatte: „Tante Marta! Laß mich bloß mit Michael Max Müller in Ruhe!"
„*Das*" hatte sie nicht gesagt.
Obwohl sie mit Tante Marta abgemacht hatte, daß sie den Rest der Schwangerschaft und die ersten Monate mit dem Kind bei Tante Marta verbringen würde. Für ihre Wohnung hier hatte sie sogar ein Studenten-Ehepaar ...beauftragt, nach dem rechten zu sehen. Aufgeben wollte sie die Wohnung nicht. Und die Wohnungsgenossenschaft

hatte es auch gelten lassen, daß das Studenten-Ehepaar ...nach dem Rechten sah, während sie sich in der Obhut von Verwandten befand. Nur die laufenden Kosten müßte sie überweisen. Ob sie täglich oder stündlich nach dem Rechten sahen, ...wen kümmerte das. Gesetze nach eigener Art auszulegen oder zu umgehen war doch ganz normal. Wer hielt sich schon daran! Marthe wußte bescheid. Sie war sogar schon qualifiziert: Sie bekam Spaß daran. Da schwanden die Skrupel. Na - und?!

„Was ist denn passiert?"

„Na, was schon! Ich hab' gerechnet. Ich war mißtrauisch geworden. - Und überhaupt. - Was soll's! - Ich bin froh, daß du das Baby bekommst. So hatte die ganze Sache doch wenigstens einen Sinn. Einen richtig guten Sinn! - Du meine Güte! Ich kann sehen, wie er tobt! Dein Bauch ist ganz schief. - Es ist wunderbar, daß du ein Kind bekommst!" Er streckte seinen Arm aus, um mit der Hand über ihren Leib zu streicheln.

„Oh nein, mein Lieber!" Sie rettete sich in Empörung. Sie hatte schon gemerkt, daß keine Schadenfreude in ihr aufgestiegen war bei der Eröffnung seines mißglückten Vaterdaseins. Das war gefährlich. Wäre die Schadenfreude dagewesen, hätte sie den nötigen Abstand und somit Oberwasser gehabt. Er tat ihr leid. Und sie sich auch.

Dieses empörte „Oh nein, mein Lieber!" löste die Erinnerung an den elenden Zustand des Verlassenseins in ihr aus. Und wie elend sie sich gefühlt hatte! Und er war gegangen!
Ooch!
Wollte er etwa alles zurückdrehen - und so tun ...als sei nichts geschehen? Ganz einfach. Da bin ich!
Oooch!
„Hast du die Scheidung eingereicht? - Ich vermute, deshalb bist du gekommen."
Das hatte sie eigentlich gar nicht sagen wollen. Das war ihr so herausgerutscht, da ihr nichts anderes einfiel.
„Aber nein, Marthe! Ich habe die Scheidung nicht eingereicht. Und deshalb bin ich auch nicht gekommen. - Ich..."
„Willst du das Haus?"
„Ach, Marthe. Nein."
„Du kannst es haben. - Das heißt: Ich werde es verkaufen."
Sie hatte sich noch rechtzeitig besonnen: Cool bleiben! Nicht - daß er auf die Idee käme, sie würde ihm das Haus schenken. Oh nein! Sie würde rechnen. Der Teufel in ihr hatte eine Geldanlage geschaffen. Der Teufel in ihr würde dafür sorgen, daß diese Geldanlage wuchs. Verdammt nochmal! Wieso sollte sie Menschenfreundlichkeit und Nachsicht üben? Sie hatte für ihr Kind zu sorgen! Und das wollte sie gut tun.Verdammt nochmal!

„Ich will auch nicht zurück."
„Gut. - Weißt du, ich werde mich selbständig machen. Und unser Haus wird mein erstes Geschäft."
„Wie selbständig? Wie meinst du das?"
„Na - Immobilienhandel." In diesem Augenblick war der Entschluß gereift.
„Immobilien?- Gut! Hast du schon Geschäftsräume? - Du kannst bei mir miteinziehen. Wenigstens für den Anfang. Die Lage ist gut."
Das haute sie um. Er war ...genauso cool!
„Die Idee ist gut!", begeisterte er sich, "Ich gebe dir rechts unten die beiden Räume. - Du mußt zugeben, Marthe, das ist eine gute Ausgangsbasis für uns beide."
„Oh nein!", fuhr sie ihm ins Wort. "So nicht! Max Michael Müller!"
„Marthe, ich meine das rein geschäftlich. Nur geschäftlich. Du mußt zugeben, das paßt gut zusammen. - Sag' 'Ja.' Marthe!"
Eigentlich hatte sie sich von ihm „in die Pfanne gehauen" gefühlt. Aber sie mußte zugeben, die Idee hatte was Gutes.
Rein geschäftlich. Darum verharrte sie einen Augenblick zu lange in Schweigen. Sie war selber von ihrem Vorhaben überrumpelt. Immerhin: mit Micha im Rücken - rein geschäftlich - würde das Risiko überschaubarer sein. So hätte sie eine gewisse Sicherheit, eine gewisse Hilfe beim Start - und überhaupt: es paßte gut zusammen.

Immobilienmaklerei und Architektenbüro, besser paßten zwei Schuhe eigentlich überhaupt nicht zusammen.
„Naja", sagte sie, bemüht um Oberflächligkeit. „Man könnte darüber nachdenken. - Überschlagen müssen wir uns ja wohl nicht. Oder?"
„Nein, nein. Andererseits... Die Idee ist wunderbar! - Marthe, was Besseres hätte dir gar nicht einfallen können! - Marthe, du hast dich verändert. In jeder Beziehung."
„Das Kätzchen hat sich gemausert. Es ist zum Räuber geworden. Nicht planmäßig. Es war einfach nur Notwehr. - Entweder du wirst beschissen oder du bescheißt andere. Ich habe wohl gewählt."
„Kann ich dich zum Essen einladen?"
„Nein, danke. Ich habe schon gegessen."
„Kann ich dich dann ...mitnehmen? Vielleicht... zu Tante Marta?"
„Aha!"
„Ich habe es ihr versprochen. Deshalb war ich gekommen. Sie macht sich Sorgen, daß du immer noch allein mit dem Auto..."
„Beruhige sie! Morgen kommen die Leute, an die ich die Wohnung... vorübergehend... vermietet habe. Es geht mir gut. Ich schaff das alles ganz gut. Keine Sorge!"
„Marthe? Könnte ich bei der Geburt dabei sein?"
„Nein! Da hast du nichts verloren!"
Für einen Augenblick hatte der Einsturz ihrer Selbstsicherheit gedroht. Ein wenig hastig stand

sie auf und ging zur Wohnungstür, die sie für ihn öffnete. Dabei hatte sie Tante Martas Satz im Ohr: Das kommt laut Knigge einem Rausschmiß gleich.
„Wann kommst du? - Ich meine, wann fährst du zu Tante Marta? Tante Marta trägt sich mit Umbauplänen. Sie hat ein paar Vorschläge eingefordert. Aber darüber reden wir noch. - Marthe! Was ist?"
Marthe hatte im Rücken ein Ziehen verspürt, das da nicht hingehörte. Sie rieb mit beiden Händen über die Schmerzstelle, straffte sich und brachte wenig fröhlich und sogar ein wenig schmollend ihre Beanstandung vor:
„Ihr habt ein Komplott geschmiedet! Hinter meinem Rücken! Und nun sieh' zu, daß du davonkommst!"
Aber er machte die Tür zu.
„Das könnte eine Wehe gewesen sein. Du glaubst doch wohl nicht... Komm! Setz dich hin! Gib' mir die Telefonnummer! Wo ist dein Koffer fürs Krankenhaus?"
„Koffer!", maulte sie, "Ich nehm doch keinen Koffer!"
„Hast du nichts vorbereitet? Marthe, das ist leichtsinnig!"
„Spiel' dich bloß nicht so auf! - Im Flur steht meine Tasche. Die Nummer steckt am Spiegel. Es ist alles in Ordnung. Und ich hab' noch Zeit. Ich möchte, daß du... au, verdammt!"

„Marthe! Das sind keine drei Minuten Zwischenzeit! Komm! Ich fahr' dich hin. Das geht schneller. Um diese Zeit sind die Straßen nicht mehr so voll. Uniklinik? Los!"
Marthe rieb ihren Rücken und jabste nach Luft, da sie vor Schreck vergessen hatte zu atmen. Auf ihrer Stirn stand Schweiß.
„Ich denke, die Abstände betragen eine halbe Stunde. Jedenfallls am Anfang. Kind, du machst aber auch alles anders! - Und du glaub' ja nicht, daß du mich in der Zange hast, Michael Max Müller! Ich ruf' mir ein Krankenauto."
Er hatte schon die Tasche in der Hand.
Er nahm ihren Schlüssel.
„Nun komm', Marthe. Spar deine Kraft. Es geht gleich wieder los."
Sie nahm ihm den Schlüssel aus der Hand, schnappte ihre Handtasche und schloß die Wohnung ab.
„Kind, du warst bisher so vorbildlich. Du wirst doch jetzt keine Zicken machen. - Mir war nie schlecht. Ich habe nicht ein einziges Mal gespuckt. Ich hatte keinen Janker nach sauren Gurken. Es war..."
Marthe unterbrach ihren Redefluß. Sie atmete hörbar laut. Ihr Gesicht verzog sich zwar, aber sie brachte doch noch ein Lächeln zustande:
„Kind, nun aber los!"